U0136481

VISTA
PUBLISHING

VISTA
PUBLISHING

VISTA
PUBLISHING

VISTA
PUBLISHING

走在，台灣的路上

路寒袖 文 攝影

路寒袖的生命記憶與台灣行旅

文 詩 影 學

散 攝 教

目　次

自序 # 回家

每趟旅行結束飛回台灣，最難熬的是等行李，總覺得轉盤特別的慢。那時內心只有一個念頭，恨不得空橋就接在自家門口。

回家，趕緊拉起書房的窗簾、打開窗戶，讓季節的風吹進來；電腦開機，收信，將之前許多聯繫了一半的事重新接起線頭，繼續往下編織；一封一封的拆開郵件，管他是垃圾或帳單，這是確認自己真的到家的最好方式。

確認回家後，才可安心整理堆積在心中各個角落的異國光影與容顏，讓自己的心情從夢境一層一層的撤退，然後將觸覺、嗅覺調回熟悉的台灣溫度與濕度。

於是我了解，旅行的目的就是為了回家。

之前連續出版了三本攝影詩集，書中影像來自我的歐洲之行，雖是三年之中的數趟行旅，卻早已收納進我生命歷程裡的一段。那些身處異國的時日，心神的浮盪湧動往往難以預測捉摸，人在廣場、教堂、博物館、港口，有時校園、劇場、街市、餐廳……，恍神間就與台灣連了線。從遙遠的距離觀看，有時台灣反而清晰、立體，甚至更能知曉台灣在世界的位置與處境。

台灣是我安身立命的地方，所以惦念。許多文友、讀者也有同樣的心境吧，在讀了那三本攝影詩集後，想像我的鏡頭與詩作會如何的去呈顯台灣的美景，那股期待的熱情總在每次相遇時殷殷敦促。

人往往「只在此山中」時，就會「雲深不知處」。生活、行旅於台灣，處處藏美，不知不覺因而陶醉，終至忘我，也忘了跟同行友人描繪眼睛所見，內心所思。

朋友們的期盼應是很好的提醒吧。即時的分享易予人臨場的感動，而所有的事物都有其保鮮期，別自以為是的認定愈沉愈香，過期的記憶容易發霉、斑駁、變形。並非所有的人間事物都如醇酒，有些可是像蔬果，新鮮才能品嚐到原汁原味。

所以這本書的誕生既順理成章，亦是時機成熟。前三本以歐洲為素材如果是他山之石，那這一本就是返照自身了！

其實本書的前世今生還有個因緣。二○一一年初，《國語日報》「少年文藝」版主編王秀蘭小姐邀我為該版撰寫專欄，其靈感來自於我的攝影詩集，但她希望能在一、兩張照片與詩作之外，再加篇攝影或心情筆記。

當時我正想潛心完成陸陸續續寫了一半的台灣地誌詩集，因此打算婉謝邀稿，偶然跟遠景發行人葉麗晴小姐提及，她卻有不同的見解，她認為專欄與台灣書寫並不衝突，甚至可以整合為一。經此一點，於是我以王秀蘭小姐的構想為基礎，將原定的信手心情筆記強化為個人的生命步履與地理空間的映照交響。

本以為很認識台灣，但省視土地哺育生命的跡痕，愈是挖掘、書寫，乃發現台灣愈寫愈豐富，特別是，二〇一〇年，以影像為台灣文學電影重現拍片場景，從北到南，由西而東，甚至離島澎湖，短短三個月，走訪了一百五十餘處地景，這有如考前總複習，題目一看，才驚覺竟然有那麼多地方沒去過，原來自己對台灣的認知是何等的貧乏與浮面。

走在台灣的路上，北宜公路的豪雨乍晴、蘇花公路的彤彩晚霞、新埔劉氏雙堂屋的雨後夕照、麻豆電姬戲院的荒涼頹敝、台東海岸公路的寂靜燠熱……，自己的生命記憶與文學的、電影的情節一幕幕的交織錯合，演繹出難以言詮而肌理層疊的情懷。

於是我知道，家鄉是永無止境的旅程。

本書諸篇章既以《國語日報》為出發地，考量讀者應是老師、青少年學生居多，因而規劃了「小詩一分鐘」與「攝影一分鐘」兩篇創作筆記，初衷雖是為給老師、學生的教學、學習參考，但即使一般讀者，亦可據此而了解作者在構思攝影、詩寫時，所架設、尋索的種種路徑與門道。

然報紙的篇幅侷促，版面又是黑白，與成書之後大相逕庭，其實，本書每篇主文幾乎雙倍於報紙所刊；且照片不僅是彩色的，其數量更是擴增至九到十二張之多。

本書每一單元無不涵蓋了散文、影像、詩作與兩篇教學短文，成了一本五合一的著作，把書的內容設計得如此豐富、複雜，既非為了補償，也不是尋求救贖，倒是面對台灣，不知不覺就有很多話想要說，很多事可以做。

花蓮

人生護照必蓋的戳章

凌越大海

生命總會轉彎
甚至是離心拋擲自我的大彎
涉過黑色的詆譭與冰冷的嘲諷
還有，隨時潑濺上身的流言
青春才會完全燃燒
拉起綿延無瑕的想望
生命的列車正凌越大海

花蓮港

小詩一分鐘

這是一首信心滿盈、鬥志高昂的詩作。沙灘的弧線是構思的來源，可將它寫成婀娜的身姿，亦可譬喻為肅謹的生命彎道（如本詩），照片前方在此入海的美崙溪與消波塊扮演嚴酷的考驗者（詆譭、嘲諷），轉彎是試煉，也是變數，有人甚至就此敗下陣來、喪失自我（第二句）。但唯有無情的考驗，人的潛能才能徹底的爆發出來（第三～五句）。詩的結尾從形象聯想，焦距鎖定於天際的白雲，寬細兩列猶如蒸騰著滾滾白煙的疾駛火車，正堅定的開往理想。

攝影一分鐘

本照選用18mm的廣角鏡頭，將美崙溪的出海口拉展得壯闊非常，而遠處堤岸的後方即是花蓮港。溪水挾帶而下的泥沙沖積於溪口，形成沙洲，取鏡時宜尋求適當的角度以呈顯其優美的曲線。但出海口兩岸都各堆置了許多消坡塊，因此無論怎麼構圖，消坡塊都會入鏡，既然避不了就收服它，亦即化多餘為必要（將消坡塊變成畫面的重要元素之一），照片所取的這個角度，消坡塊看似雜亂無章，但因將它擺置在溪水的轉彎處，反而有了平衡畫面的功能。

七星潭

七星潭

亞士都飯店

祖母喜歡談她的姐妹，也就是我的姨婆們，尤其是細漢姨婆，因為她嫁到很遠的後山。多遠呢？從它的名字，以及祖母沒有止境的眼神，就可猜得出來不翻幾層山是到不了的；她們姐妹好幾年才碰一次面啊。

經過了很多年，我才知道，從小，祖母口中的後山就是花蓮。

大概是這個緣故吧，我對花蓮總有一股難以辨析的親切，潛意識裡似乎想為祖母巡探幾趟她叨唸了幾十年的後山。

高中時瘋現代文學，辦社團叫「繆思」，由於狂熱，活動力就特別強，同儕切磋猶嫌不足，還跨越校園圍牆聯誼外校，中部幾所大學如中興、東海、靜宜之文學社團的學長姐都是我們請益的對象。

靜宜當時還是女校，幾位大姐姐很照顧我們這群正與繆思狂戀得廢寢忘食的小男生，三不五時就請我們吃麵、喝咖啡，其中又以呂姐跟我們最親。

呂姐大學畢業後即返鄉擔任國中老師，往後，一直都留在花蓮，去探望她是我前去的最好理由。記得第一次到花蓮，呂姐正上課，要我先到海邊的亞士都飯店二樓咖啡廳等她；從此我喜歡上那裡，以後每次去，都會抽空去喝杯咖啡。

蘇花公路海岸

非假日的午後，偌大的咖啡廳只有我一人，飯店隔著海岸路即是太平洋，湛藍的海水彷彿果凍，凝著晃著一整片，從玻璃窗望出去，又像是貼在超大型水族箱內的背景飾圖。

窗外，寂靜的陽光與海；窗內，我的心洶湧激盪，我迅即拿起桌上的餐巾紙輕筆疾書，不消二十分鐘竟成詩一首。此後，當我獨自一人上咖啡廳時，每每一摩摸餐巾紙，內心就有股難以遏止的詩意竄流。

尖硬的原子筆遊走於柔軟易破的餐巾紙，力道必須拿捏得恰到好處，在略富彈性的觸感裡進行敬謹又刺激的冒險之旅，這動作本身就已是寫詩了。

而我的好友，小說家林蒼鬱，不知何時竟已在花蓮濱海的鹽寮買了一小塊地，甚至自己蓋了木屋，這種浪漫的實踐羨煞許多朋友。大四某晚，我想起遠方的海岸，惦念暗夜濤聲裡的岸邊孤熒燈光，那是花蓮特有的呼喚。

從台北，趕上最後一班往花蓮的火車，抵達時，天猶濛昧，我假寐於車站等待，天亮即搭第一班客運到鹽寮。朋友的木屋柴扉緊掩，門板上釘著字條，言其回台南老家，兩天後回來，云云。這是留給我這種不速之客嗎？還是，每天都來的潮聲？

那趟雖然沒見到好友，搭車去，旋即搭車回來，看似瘋狂，其實是自己的一趟心靈追索與沉澱的旅程。

繼林蒼鬱之後，搬到花蓮的朋友是孟東籬。他也選擇了鹽寮，離海更近了許多，同樣自己造屋，但材料改成茅草。兩位文壇隱士且風格各具的作家住進偏僻的東海岸，後來再添自然主義實踐者區紀復，不遠處則是花東名剎和南寺，一時之間，鹽寮海邊靜得好熱鬧。而今木屋、茅屋俱杳，卻來了龐然大物海洋公園。

花蓮像一個強力磁場，去過的人無不想盡辦法希望留下來，而花蓮人即使出外闖蕩，兜了一圈後，又都溯源返鄉了。花蓮舊名「洄瀾」，原來不僅潮水迴繞留戀，人才也是如此。所以在文化界，不論落籍，或短暫居留，花蓮彷彿是人生護照必蓋的戳章，少了它，像是缺了一塊的拼圖。

花蓮擁有豐美的人文、舒緩閒散的生活步調之外，當然最誘人的還是自然風光，鬼斧神工的太魯閣峽谷、秀美淑麗的七星潭、靜謐寧和的鯉魚潭、山海兩線觀之不盡的大小景點……，除了這些，美食、特產也不能少，像蕃薯餅、麻糬成名甚早是招牌，乃遊客必買的伴手禮。

東華大學

但花蓮美食最震撼我的都是呂姐細心的安排，到鹽寮吃野生現捕的龍蝦，光是煮味噌湯就甘美得令人掉淚；到吉安吃芭吉露（麵包果）、藤心、甘蔗穎，很原住民風味的野菜宴⋯⋯。

出身花蓮的小說家林宜澐有散文集《東海岸減肥報告書》，這是一本專寫花蓮、極具創意的地誌書寫，在書中他信手拈來介紹花蓮飲食，煎包、日式鹹魚炒飯、大滷麵、扁食、咖啡店⋯⋯，每一樣都如珍饈佳餚，我心想，吹擂家鄉雖是天經地義，但也未免誇張，後來重讀，發覺他寫的是花蓮的生活美食，而非觀光美食，所以在花蓮的山、花蓮的雲、花蓮的陽光、花蓮的空氣中生活吃喝，還會有什麼不好吃的！

東華大學

松園

砂卡礑溪

伽路蘭

洗頭的地方

朝聖的雲

之前，那些浣髮的先民
都飄逸成朵朵白雲
之後，全回到灣裡沐浴淨身
趕著排隊上山
朝聖去了

小詩一分鐘

本詩是標準的「看圖說故事」，照片中遠方是都蘭山，山上白雲朵朵。伽路蘭（社）是以前阿美族wawan的分社，族人總就近在當時的溪流洗頭，由於溪水富含礦物質，所以洗後，頭髮光亮滑潤，使得該地聲名大躁。本詩針對此一史料，加上台東地區的氣候、雲層特性，從照片看，遠方都蘭山上一隊白雲，而它們正映照於底下的都蘭灣，將這兩條線索串聯，就成了：曾在此地洗頭的先民（當然早已仙逝），他們死後，就化成守護部落的朵朵白雲。而「飄逸」一語雙關，既指頭髮，亦謂成仙。

再者，都蘭山乃阿美族、卑南族的聖山，照片中，山上雲朵彷彿列隊的朝拜者。同時，雲又投影於海灣，所以說雲沐浴淨身，而這又可將其與朝聖的虔誠行為聯結。

攝影一分鐘

綠草如茵的園區，粗獷自然的漂流木裝置藝術，緊臨無垠的太平洋，從這裡北望，都蘭灣、都蘭山盡收眼底，如果天氣晴朗，東方海面綠島不遠，這裡就是伽路蘭，說它是風景如畫似乎一點也不為過，所以上述所及，其實都是取景的好角度。拍伽路蘭，少不了綠地、藍天、海洋、裝置藝術、都蘭山、都蘭灣與綠島，當然團團白雲始終是最佳的配角，有時也可邀請激動的海浪入鏡，不過若能等到漁船陪伴綠島同台，則畫面將會是和樂融融的團圓照；但不管鏡頭往北或朝東，要注意將海平線拉平，除非，你有理由充分的特殊構圖。

偶然在某個部落格讀到，主人說，他開車來回台十一線（台東海岸線公路）N遍，就從未在伽路蘭停過。我不是台東人，當然沒有N遍出入台東的記錄，不過與這位部落客剛好相反，每到台東，我就一定會到伽路蘭盤桓磨蹭一番。

伽路蘭在台東海邊，前面那條大大的馬路就是台十一線，精確的說，伽路蘭位於台十一線157.5公里處。

它的南邊是富岡漁港，港區的美娥海產店料理道地不花俏，而且食材鮮美，價格平民，只要吃過就再也忘不了。一般觀光客較為熟悉的景點小野柳就在附近，它因海浪沖蝕而形成龜陣岩、豆腐岩、蕈狀岩、蜂巢岩等姿態各異的奇詭地形而聞名。

往北走十一公里即抵都蘭。都蘭山是阿美族、卑南族的聖山，也是很多文化藝術工作者尋求心靈沉澱寧靜，或重啟生命能量的夢想之地，它似乎蘊藏著神祕的聖靈魔力，我每次經過時總有亟欲長久居留的渴望。

伽路蘭社原是台東東河鄉阿美族的部落一支，以前該族族人都在附近的溪裡洗頭，據說溪水富含礦物質，洗後頭髮光滑柔潤，阿美族語「洗頭」是「karon」，加上「場所」的「an」，拼起來就是「kararuan」，意為「族人洗頭的地方」，後經內政部統一譯音而成今日的「Jialulan」，漢字的翻譯則為「伽路蘭」。

我曾在義大利佛羅倫斯的舊運河藝術特區發現一條洗衣街，顧名思義乃是當地先民洗衣之處。與其稱它是街，不如說它是巷，因為既短且窄，縱雖如此，義大利人並沒有為了經濟利益而將它拆遷拓寬，依然保存著小街原有的古樸風貌。街側一條水源飽滿的溝渠，溝邊設有一塊塊固定的洗衣石板，與台灣農業時代的並無兩樣。一道赭紅色屋瓦沿著溝道蜿蜒舖設，想當然耳，乃遮陽避雨用的，算是體貼婦人洗衣的辛勞。

不論台灣或歐洲，不論洗頭或洗衣，若能在建物保留一點感情或理性的線索，以維繫我們緬念先人的生活方式，應都可以創見出新的美感情懷吧，所謂文化傳承不都是因此而起而生嗎？

不過，現在我們再也看不到這些先民洗頭的小溪了，因為伽路蘭被用來堆置闢建志航基地機場所產生的廢棄土，所幸後來東海岸國家風景區管理處廢物利用，經多次規劃，以生態工法開發整理為苗圃，終於成為今日佔地3.2公頃的遊憩區，這固然為東海岸增添了一處優美的景點，但付出的代價是否值得，我們似乎也無法量化的估算吧。

伽路蘭雖逐漸走紅，但在台東，平常時日依然是遊客三三兩兩，海天遼闊，眼神越過都蘭灣，眺望都蘭山，白天去，靜得只有浪濤聲，無拘無束的只你一人，該擔心的是，會不會被近得不可思議的綠島偷窺。夜晚駕臨，更好，不僅沒人，更沒光害，星星亮得有如脫光了衣物，隨時想跳進太平洋游泳似的。

一位生態作家遷居台東，據說他以經營民宿和在伽路蘭擺攤賣手創藝品為生，所以我就來了，沒什麼偉大的企圖，只是猜測，真的嗎？內心當然期待是真的，彷彿這樣可以合理化每次經過都蘭，想要到此隱居的渴望。

但那次並沒有什麼藝術市集或跳蚤市場，陪伴我的是二、三十件漂流木裝置藝術，我們一起安安靜靜的在那裡看海聽風。後來查了資料得知所謂的市集，兩個禮拜一次，時間都在週末的傍晚。

不過，熱情跟衝動有時還是會有意想不到的收穫，像那次一樣，那是何等自在悠閒的面對太平洋啊，沒有人敢反對，或也沒有人擠眉弄眼的暗示。

伽路蘭眺望綠島

雙溪

詩人之鄉

古厝與蓮花

妳總是艷麗的褲裝
搭配一件素淨的上衣
在一群威嚴的綠巨人護衛下
優雅的接受我們
努力伸長脖子的仰望

蓮花園與林家古厝

小詩一分鐘

本詩以擬人法書寫，從顏色的意涵想像。首先，古厝正廳外牆下層是淡褐色沙岩，上層則石灰白，譬之為人時，那這部分就是上衣；兩側護龍皆是紅磚所建，所以比喻它是艷麗的褲子（因有左右兩護龍，若以裙子相比的話，精準度稍遜）。古厝後倚山坡，坡上綠樹蔥蔚繁茂，猶如身強體壯的衛士。

至於詩中的「我們」指的是鏡頭前方的蓮花，它們的花季未到，目前只稀疏錯落於園中，但不論或高或矮，花梗都是直的，以此說「我們」伸長脖子，是很貼切的比擬；再者，蓮花園比之路面，相對的低窪許多，對面的古厝不僅在地面之上，而且隔了一條大馬路，因此用「仰望」一詞，除了寫出地位階級的不同，還有距離的隔閡。

攝影一分鐘

到林家古厝、蓮花園的季節稍早了點，六、七月才是花季，本張照片從蓮花園取景拍向古厝，這邊地勢較低，園中蓮株雖少，卻可一覽無遺，而且鏡頭選用廣角，在視覺上不論是蓮園或遠處的古厝頓時開闊許多，又因視覺壓縮關係，阻隔於古厝與蓮園中間的大馬路（基福公路）不見了，畫面效果即成古厝在上，蓮園在下。將兩者納入同一畫面是「一箭雙雕」的構圖，尤其，如果是花季前往，滿園盛開的蓮花配上淡雅幽靜的古厝，將另有一番味道。不過拍這一張照片要特別注意視覺水平線（亦即蓮園上方那道水泥矮牆，其實它就是公路旁的排水溝側壁），要平，要放在畫面黃金比例的位置。

北迴鐵路牡丹段，鐵道坡度 0.0167，乃台灣最大處，在牡丹車站可清楚看出車廂的傾斜度

雙溪川上的北迴鐵路

雙溪入口水車

大學讀的是東吳，第一年人生地不熟，就近在學校後面自強隧道下的外雙溪旁賃屋，該處最大優點就是離校近，但窩居山坳，潮濕地窄，一年後，對外雙溪一帶總算有了整體的概念，於是選擇山居生活，搬到了雙溪社區，它在故宮更裡邊的山上，離校遠了，上課不是騎摩托車就是得搭255或213路公車。

不論東吳或故宮都位於外雙溪，相對的，一定有個內雙溪，那兒我也去過，除了郊區的山山水水，與特有的舒緩自然之外，印象最深刻的是內雙溪的門戶即是溪山國小，那是電影《魯冰花》的場景。

那雙溪呢？好像我畢業離開外雙溪，一直到了出社會才識得的地方，本以為它是內、外雙溪一路的。其實，它不在外雙溪之外（那是士林），也不在內雙溪之內（就是鵝尾山了），它在那「遙遠」的地方，是台鐵宜蘭線的一站。

雙溪的遠親近鄰有瑞芳、侯硐、菁桐、平溪、牡丹、貢寮等，大抵以山城居多，在島國台灣中算是偏僻的，但在旅遊觀念逐漸走向自然生態、在地特色後，這些以往只是遊客路過的郊野鄉村聚落，或是對號火車不太停靠的小站，早已各立山頭，品牌鮮明了，假日一到，人車鼎沸，有如群山開派對。

石碇桐花

從新店走北宜公路（台九線）原非「正確」前往雙溪的路線，但此時正值油桐花盛開，多繞些路，就多賞了花容。再者，以前住新店時，常常閒逛到這附近，一日清晨，車方行入石碇轄區，遠方山巒自煙霧嵐氣中層層甦醒，深淺有致，一條曲徑隱約蜿蜒而上，我迅即停車，衝至路邊，按下快門，那張照片成了數年後， 我寫流行歌曲〈畫眉〉的配圖；這或許是一種情感與記憶的撫慰吧。

續行則到了坪林，從那裡上五號國道，回走到石碇交流道下來往平溪走，就回歸「正途」了。沿路油桐花開得恣意，簇簇白雪錯落於翠綠山坡，為了親近它的容姿，我還特地在一處香火鼎盛的道觀停留，因為那裡路邊就矗立著一株油桐。

雙溪是鐵道迷必訪之站，但我還未修練到那般的狂熱，唯有心存隨緣。倒是清朝以來，雙溪一直是舊台北縣的詩人之鄉，是該區唯一出過貢生、舉人之地，所以對我而言，他們的宅第反而更具魅力，或說，更有時間的迫切性（擔心哪天不明所以的就坍塌了）。

雙溪老街指的是長安與泰昌兩條短如巷弄的小街，可從大同街的三忠廟進入。這廟也值得一看，因為它是雙溪的第一座廟宇，也是全台唯一供奉文天祥的廟宇。老街

連舉人古厝

內有林益和中藥店、周家古厝，古厝前另建了一棟的水泥平房，乃販售香條金紙的香舖，主人態度低調，婉拒來者入內拍照，不過還是善意的指引如何繞到屋後取鏡。

連舉人古厝的門牌是梅竹蹊13號，就在雙溪高中後門，由於座落山邊，潮濕得很，宅第主體固為沙岩石牆與紅磚，但屋瓦青苔滿佈，雖說古意盎然卻也不免令人心掛幾分憂慮。

相較之下，位於基福公路旁的林家古厝周遭環境就開闊多了，它的旁邊是雙溪入口意象竹製三層大水車，後側是東和步道，而對面則是蓮花園，古蹟結合休閒農業與自然步道，自成一區，是動靜皆宜的人文旅遊好去處。

隨興造訪的這幾處古厝，格局雖然都不大，但它們是雙溪的人文底蘊與產業見證，無論如何，都是雙溪之寶，也是台灣重要的文化資產。

林益和中藥店

紅牆建物乃周家古厝，岸邊階梯處即是古渡船頭

牡丹溪與平林溪匯流處

三忠廟

九份

通往記憶的幽徑

記憶的窄梯

現在開了家
寬敞光鮮的懷舊商店
販賣昔日五顏六色的夢
貨儲存在後面的倉庫
唯有從躲藏在旁邊
那座由記憶舖建的窄梯
才進得去

香草舖子

小詩一分鐘

前兩句以「現在」為主詞，正面呼應畫面，是看得見的景，第三句「五顏六色的夢」是店家內的商品，但從照片上並看不到，因此是想像出來的，當然就沒人能證明對錯，正因為無從查證，所以作者說了算，這是詩的特權與魅力。第四句「貨儲存在後面的倉庫」亦做如是觀，只是將空間更往照片的深處（後面的倉庫）延伸，這樣的安排是在舖梗，以便讓照片的另一視覺焦點——階梯有個合理，甚至更具意涵的譬喻（記憶舖建的窄梯）。主題寫的是時間（或不同階段的生命）與夢想、記憶的關係，並賦予多彩、開闊的人生態度，迥異一般常以灰濛寫記憶的書寫策略。

攝影一分鐘

到過九份，並看過電影《悲情城市》、《神隱少女》的人對這條豎崎路大概都不陌生。由於名氣響亮，即使平常時日，各方遊客依然摩肩接踵，但梯小，一擠滿人就看不出階梯的陡與險，然而這可是山城的重要象徵呀。因此，按快門時應注意：一、梯上人宜少（但也不要空無一人）。二、人的位置得恰當。三、人正爬梯（如此才有動感，以及向上延伸視線的效果）。本照片捨棄一般以直式全拍階梯，而採橫式構圖，且將大部分的空間讓給這家店舖，「主角」陡梯似乎被擠到邊陲，但覺不覺得，那兩位向上爬梯的女性反而讓陡梯輕鬆的奪回視覺焦點。

九份遠眺深澳石油港

基隆山

金瓜石

一直到踏入社會，有了工作收入之後，我才擁有人生的第一部相機。彼時我在永和某私立知名職校教書，由於課業繁重，心情其實跟學生沒兩樣，總期待著假日的來臨。

假日我就可以揹著新買的相機暢遊私淑的風景，一方面紓解壓力，更重要的是練功，那時我常去的是淡水、東北海岸（從水湳洞下車，一路經南雅、鼻頭港走到龍洞）、九份與金瓜石。淡水離台北最近，但遊客也最多；東北海岸人雖少，但沿路各型大貨車競速狂飆，轟炸聽覺，威脅人身；而九份、金瓜石一帶既無車又無人，時間好像都躲進坑道裡，一動也不動。

沒錯，那時的九份、金瓜石彷彿被掏空一般，即使是假日也人蹤杳然。盛極一時的黃金山城，當山頭金盡，淘金客紛紛飛回尋常百姓家，人去，空樓當然只能獨自向黃昏了，這是產業沒落的典型荒涼。

走在沿山坡而建的聚落巷弄，地勢低的一邊的屋頂幾與路面同高，一伸腳就可踩了上去，屋頂不是舖著一般平房的瓦片，而是漆塗一層厚厚柏油的氈布，墨黑低抑，十足沉鬱的山城調性，適合任何的愛恨情仇在此搬演。

九份老街

一九九八年，我應台北縣政府之邀，為縣轄鄉鎮市寫歌時，其中一處就選了九份，我體會其情韻，設定鄉愁為主題，最後兩句：「台灣鄉愁若十分，想起九份第一輪」，為九份在文學的象徵中定位。

如果你的九份經驗是九〇年代以後，可能很難體會上述的描繪，以前門戶緊掩的老街一帶（基山街與輕便路之間），現在是櫛比鱗次、燈光通明的商家，能吃的、不能吃的，無不渾身解數的擠進窄仄的街道，似乎只要能在此佔有一席之地就商機無限，即使你根本想像不出，九份什麼時候有那麼多的特產，芋圓、紅糟肉圓、草仔粿、魚丸、木屐、陶笛……。

而這些改變全來自電影，先是一九八九年侯孝賢的《悲情城市》開啟了九份再造之端，之後，吳念真的《多桑》（一九九四年），甚至連日本宮崎駿的動畫電影《神隱少女》（二〇〇一年），其創作靈感與劇中靈界的街道巷弄場景等無不來自九份。

在一部又一部知名電影的推波助瀾下，九份早已飛上枝頭，成了熱門的觀光景點，無論平時或假日，一批批湧入的陸客、港客與日客將老街擠得水洩不通，盛況猶勝採礦的繁榮年代。

阿妹茶酒館

特別是那條名為豎崎路的窄梯，路如其名，既陡且峭，猶如通往記憶深處的幽徑，乃《悲情城市》、《神隱少女》的亮點鏡頭，是觀光客非訪不可的朝聖之路。幾家餐廳、茶舖都搶沾侯孝賢電影的光，像店名「悲情城市」、「戲夢人生」、「小上海」等，不過最響亮的應屬「阿妹茶酒館」，它跟歌手阿妹沒關係，因為女老闆是客家人。

在豎崎路上，「阿妹茶酒館」不僅建築宏偉超吸睛，更重要的，它是動畫大師宮崎駿曾經造訪之地，如果稍加留意，不難發現店裡店外處處隱藏著《神隱少女》取材的元素。

金瓜石與九份是一路的，它也有電影加持，一九九二年王童的《無言的山丘》就是在這裡拍的。以前遊金瓜石一定先到八角亭理個髮，有如去蓋「到此一遊」的紀念章，遺憾的，而今八角亭早已屍骨無存，只剩依稀可辨的遺跡。而當時幽靜的日式宿舍區已劃為黃金博物園區，遊客不比九份少，但似乎國人居多，尤其是來此校外教學的各地學生。

阿妹茶酒館前的面具後來成為《神隱少女》的角色

園區的四連棟（日式房子）、太子賓館、神社、黃金博物館等，都值得一觀，但如果有時間，端杯咖啡，到郵局旁那兩棵百年老榕樹下發呆，讀幾首小詩，才是人生難得的美好。

金瓜石的首選景點我會推薦往勸濟堂路上的景明亭，那裡有涼亭，又建觀景平台；從遠處望向景明亭，亭亭玉立於天地間，灑脫俊秀，悲喜無佇，是台灣少有的畫面；亭旁剛好俯瞰蜿蜒迴繞的金水公路（金瓜石到水湳洞）巨蟒般的自山巒間竄向海邊，也可遠眺水湳洞漁港與陰陽海，而海岸公路上快速來去的大小車輛一覽無遺，就像生命的奔馳，無聲無息。

太子賓館

金水公路

水湳洞陰陽海

九份遠眺深澳石油港

陽明山

華麗的時間之外

長路

孩子，人生的起點
我抱你走
給你平坦的草原
之後，多長，多彎，多陡
不知道，也不重要
只要記住
一路上會有許多人陪著你
穿越烏雲就是藍天
山頂的光，特別亮

小詩一分鐘

綿延的步道乃是本照片的主視覺，詩的發想當然從它起始。路和人生是很自然的聯結，照片前端最顯眼者剛好是抱著孩子與提嬰兒車的媽媽，這為本詩提供了極佳的切入角度，以表露父母養育孩子的心境，既呵護又苦口婆心的提醒，人生將有各種險阻難關（第四句），但只要堅持有信心，必得人助（第七句），定可跨越橫逆，最後登上人生頂峰，享受成功的榮光。因是對孩子說的話，所以刻意選擇淺白的文句，除了末句隱藏著較深刻的象徵；是一首諄諄教誨的勵志詩。

攝影一分鐘

陽明山區因地理位置、地形因素，氣候之多變與中海拔相仿，通常午後濃霧即起，秋冬更是挾帶寒雨。這裡是大家熟悉的擎天崗草原，拍攝時間在傍晚四點多，那天中午時山仔后還下著雨，我先去拍夢幻湖，雨雖已停，但大逆光，有點懊惱。到了擎天崗，陽光卻大好，步上細石步道後猛按快門，因為生怕太陽一下子又躲進雲霧裡了。本照片是回身所拍，這角度較能突顯步道路徑的彎度及起伏，讓線條更具動感；而天空那片烏雲是上帝傑作。拍照宜「瞻前顧後」，有時靠耐心，有時靠運氣。由於耐心，所以穿越山仔后的陰雨，看到了擎天崗的陽光；因為運氣，既有陽光、藍天，又有烏雲。

擎天崗草原

前山公園

前山公園

在那個還不是很時興唸研究所的年代，一個朋友不知哪來的靈感考進了文化大學戲劇研究所。大學時代的朋友們所修讀以中文、英文、哲學為大宗，但就是沒人學戲劇，因而一時引爆大家的好奇。

這朋友算是吾輩的開路先鋒，俗語「食好鬥相報」說得貼切極了，那之後，幾幾乎所有朋友的書架上都多了孟瑤的《中國戲劇史》，以及契訶夫、貝克特、史特林堡等西洋劇作家的著作。跟隨他身影的，一個接一個，儼然成為同儕的薪傳，扳指數算，才幾年，竟超過半打，果真人生如戲啊。

他們不住山仔后（華岡一帶），而是過了中國麗緻酒店，還更高的教師研習中心附近（現公車站牌錫安堂），賃居於一片矮屋裡。這批新移民適應力特強，很快的結識了一群喜愛文學的原住民（本就讀文化大學的學生），所以我們又多了一處談文論藝的基地。

那時，我在東吳大學唸書，三不五時就接到「華岡幫」的朋友電話，召喚喝酒。從外雙溪騎摩托車上陽明山其實並不遠（至少比起其他地方是如此），尤其夜間，即便我那部老爺車也可在三十分鐘左右殺入戰局。但陽明山天候無常，屢屢外雙溪星光點點，待上了仰德大道卻細雨霏霏，氣溫陡降，因而，人方臨戰場就已狼狽不堪。

陽明山公園

戰場在哪裡？老實說，於今僅記得些許殘片了，因為聚會總在入夜，周遭環境委實混沌，有時是朋友租賃的宿舍，有時在文大後面那家叫「龍門客棧」的麵店，難得奢侈時（如有人獲兩大報文學獎），則大隊人馬進駐山谷溪澗旁的土雞城。反正，有酒處即是戰場。

買那些書的也算我一份，但我之於戲劇既無天份，亦欠栽培，文化大學所在的陽明山才是我的憧憬。

小時候的陽明山是一座華麗的花鐘，象徵都會與繁榮，是我們鄉下小孩可望而不可及的天邊。進了大學，學校竟然就在陽明山隔壁，大一時接了一樁打工，擔任某清潔用品公司的市調員，士林、外雙溪、陽明山正是我的責任範圍。那時陽明山早已是台北市的高級別墅區，豪門宅第焉得其門而入，幸好嶺頭（華興中學再向上一小段）仰德大道邊有幾戶平常人家，主人和善，根本不用擺出哀兵姿態即已完成問卷，我就以那一份交差過關。

原本只上山一次（市調那次不算），與同學尋訪夢幻湖的台灣特有種植物台灣水韭，後來，因緣際會一群舊雨新知盤踞陽明山數年，我反倒成了常客。那段當常客的期間竟然只進陽明山公園（後山公園）一趟，為的只是回到童年，將心中那座花鐘搬

陽明山公園

出來，放到它本來的位置，彷彿這樣就完成十幾年來的心願，夠了。

每年二、三月花季，陽明山公園就像美女披華服，美上加美，遊客為一親芳澤總是堰堵於仰德大道，北市府每年得以交管因應。嘈雜蒸騰的人聲非我所嚮，所以一遍也沒賞過。

我倒偏愛教師研習中心旁的前山公園，典雅清幽，從泥地、岩石到樹幹，無處不青苔，青青黃黃的，如祖母褪色彩照的懷念。無雨時日，園區內石桌石椅盡是泡茶、聊天的老輩人，祥和閒散，人生美滿的畫面。園區欄杆外有些攤販，已成小型市集，販賣在地農產蔬果或簡易麵食，不知有無管理，但感覺自有其行規與自制，因此並不髒亂，且頗有山村野趣的親切。

野趣濃而又美味的餐廳幾乎全都聚集於盛產海芋的竹子湖，招牌最炙的當屬冠辰食館，野菜不少，山茼蒿、水甕菜、甘蔗筍、檳榔花、山苦瓜、牧草心……，名菜有白切雞、淮山雞鍋、芋香糕、滷桂竹筍、炸豆腐、酥炸牛蒡……，台味田園風，在天候善變濕寒的竹子湖，特別暖胃窩心。

竹子湖的餐廳是滿足胃的，但如果要安慰心靈，那到山仔后時就該彎進菁山路了。菁山路裡隱藏許多特色咖啡廳、西餐廳，在雨霧中，繁殖著陽明山曲曲折折的祕密心事。

或者期待被遼闊的天空與草原擁抱，那擎天崗絕對是首選，此處地勢平坦，視野寬廣，日治時期即是牧場，也是魚路古道的最高點，從停車場的規模就可得知它的人氣指數。草原上有牛隻徜徉，就像是打卡上班來供遊客拍照的，這讓我想到清境農場的青青草原，一北一中，一牛一羊，各具逸趣。

陽明山之迷人當然不止於此，小油坑、二子坪、大屯自然公園、冷水坑、七星山、馬槽溫泉、步道、芒花……都好。然而，全區海拔從200至1,120公尺，卻有兩千公尺的植被與變幻莫測的氣候，才是最媚惑我的特質。

夢幻湖

菁山路的祕密花園

祕密花園室內

菁山路的蒙馬特

鳥來

從山谷旋飛而起

追夢

夢想總躲在
生命的轉彎之後
它狡猾善變，不知何時
將化為山谷間的雲霧
因此，我們必須
加足馬力追趕

小詩一分鐘

實質的路（不論小徑、馬路、鐵路）都很容易跟人生的旅程聯想在一起，正要轉彎的鐵軌盡頭是本詩的切入點，轉彎之後是什麼？我們無法得知，但詩卻可以去虛構一個夢想的存在；然後我們又返回現實，夢想可是會變質或消逝的（第三句），因此，我們必須好好把握，快速而又努力的追尋（後三句），第五句說：「加足馬力」。實為一語雙關，首先，照片地面的模糊狀態，表現了速度與動感，可謂「加足馬力」。其二，既有人生目標（鐵軌有目標清楚的意涵），本就該全力以赴。

攝影一分鐘

平常，烏來台車行於攬勝橋與瀑布之間，路程約1.3公里，大致循著情人步道而行。台車車速雖不快，但軌道極窄，車身又輕，因此行來不免搖晃。很明顯的，本照片是台車上所拍。一般在車內（如巴士）拍照大都只能向左右兩側取景，但台車或某些遊園電動車的車廂並非封閉式，所以這張照片乃向前拍攝，方法是將相機平推出車廂（人身不可探出車外以策安全），如果你用的是單眼且無觀景螢幕型的相機（跟我的一樣），那就得憑經驗來保持相機的水平與穩定。另外，可嚐試多種快門，相信各有不同的效果，像本照片便表現出車行的速度感。

烏來吊橋

一位朋友在烏來買了一戶小公寓做為工作室，多次向我提及，若想找個安靜的地方寫作，隨時可跟他拿鑰匙，可惜我始終無緣領受他的美意。幾年前，這位朋友遭逢生命的大浪，沉寂了好一陣子，前不久以全新之姿復出，我從他暢銷的新著中推測，那段沉潛蛻變的日子，他就住在烏來。

也是人生的轉折吧，一位出身烏來的歌手，離開演藝圈的第一線回到故鄉經營餐廳，我去拍照，拍餐廳和他拿手的烤魚。餐廳內常設小舞台，電子琴、吉他俱備，得空他會自彈自唱。他穿著簡單的T恤與五分褲，有如在家裡招待朋友，但唱歌時神情投入，更像是抒發或傾訴。我們聊天，特別談到音樂創作時，他眼神閃熠，內心彷彿有股昂揚的心志只待樂聲響起，馬上就可隨之飛舞。我喜歡這種自在，率性之中又有點激盪，不必虛矯的偽裝，一切盡是美好。

我初搬入新店美之城社區前幾年，每逢父母北上探望，偶爾就帶他們進福山吃鱒魚，以前烏來地區的養鱒場不像現在，似乎才只有一家；鱒魚屬嬌貴魚種，必須在適度的氣溫與水質環境下才能生長，當時市面上還少見，所以父母親頗感欣慰，覺得這是兒子的孝心。

原先烏來溪中的魚類有石斑、苦花、溪哥、鯰魚⋯⋯等約十三種，鱒魚是後來引進養殖的代表作，現在從福山往大羅蘭的路上不經意就可看到幾處養鱒場，最近幾次

路過，我都沒進去品嚐，倒特地去參觀了福山國小。該校校園內全是泰雅元素，譬如走廊上一尊尊的族人雕像，教室的外牆掛著泰雅語牌，而司令台兩側的原住民半身塑像、全身與頭部的木雕最為醒目。

在大羅蘭飲食店中，我問牽著孩子的少婦，這附近的小孩怎麼上學呀。她答說，就福山國小囉；但再長大就得出去烏來國中了。那接送怎麼辦？有一段路吧。她倒不擔憂，區公所有免費巴士搭啊。我望向窗外，路邊空地就停著一部如此的小巴，心想，偏遠地區的福利反倒好，起碼讓這些環境弱勢的孩子有較公平的受教權。

相傳烏來泰雅族自南投仁愛鄉來，大約於一七四〇年左右翻越插天山遷徙而至，最早落腳定居的地方就是大羅蘭。這批冒險家在清澈、魚產豐富的溪水中有了更令人訝異的發現，不禁以泰雅語驚喜的歡呼「Kilux-ulay！」（熱騰騰的溫泉），此即烏來（ulay，溫泉）地名的由來。

溫泉正是日本人的最愛，至今南勢溪畔的露天泡湯池附近仍殘留著部分以前日本人建造的泡湯池、小橋等遺跡。白日泡露天湯可安心的享受天然三溫暖，亦即可熱溫泉與冷溪水輪著泡。我曾在夜間來此泡湯，感受迥異，雖有人聲，但周遭一片闃墨，於熱湯中閉目聽溪水，靈魂迅速飄逸雲漢，廣漠的暗裡一點點的光，逐一在意識深處亮起，回神時，人竟已彳亍於銀河之濱，那些光點原來是星星。

內洞瀑布

日本人進入烏來當然不是為了泡湯，而是重要的木材與樟腦，為了運輸、製造這些資源，台車、公路、發電廠應運而生，偏僻的山區製腦工、伐木工、隘勇、電廠員工，人聲鼎沸，烏來老街因而成形。以運輸木材為主的人力台車，從直潭到福山，在日治時期既已建構了完整的網絡，這有如吸取烏來天然資源的血管，後來成了遊客的最愛，烏來是離台北最近的原住民部落，已進化到第七代的新型電動台車結合原住民歌舞秀、瀑布、纜車、雲仙樂園、溫泉等多樣元素，烏來的觀光魅力歷久不衰。

到烏來，如果厭倦與遊客擠老街、買烤山豬肉香腸的話，我就往信賢村走，那裡有台灣北部低海拔溪流峽谷最具代表性的生態環境——內洞森林遊樂區，這裡距離台北市才約四十六公里，除了森林、瀑布、水潭、溪流及淺灘等景觀外，還可賞鳥、賞蕨、賞蝶、賞蛙。每到春夏之交，園區內各類蛙鳴此起彼落，吟誦著野趣飽滿的森林詩篇，以前有個可愛的諧音名字叫「娃娃谷」。內洞的瀑布雖不似烏來有名，它的落差並不大，但卻有三層，很是特別，且內洞屬封閉型環境，森林將瀑布緊緊包圍，使它成為全台灣負離子最多的溪瀑。

談烏來，有如蒸騰的溫泉水煙與山谷間旋飛而起的嵐氣，源源不絕，或許認識烏來最好的方式就是——來吧，Ulay！

烏來瀑布

攬勝橋

山水的誘惑

新店灣潭

知道你終究必須向前行去
就如天命所安排的路徑
但請你偶爾轉身回望
那些沿途呵護你的山巒
以及，遞送溫暖的家
他們之於你
是那麼的投入

小詩一分鐘

本詩描寫新店灣潭，從兩大要素切入、發揮，第一是「彎」，河道彎，如人之轉身，轉身則會回頭（望）。第二是潭水的山巒、社區倒影，山巒有環抱、屏障、呵護、支撐、堅定、偉岸……等等的意象；而社區（房屋）則是家的象徵，就有溫暖、和樂的感覺。寫作的構想是設定溪流如出外奮鬥、打拼的年輕人，雖然一切必須以事業、理想為重，但亦不能盲目的橫衝直撞，有時仍需懂得變通，與停下腳步休息、思索，然後再出發。而在回顧的同時，尤應留意一路上關心、協助的師長朋友，當然還有最主要的支持力量——家庭。不論何者，他們的心意總是無私，總是全心全意的投入，故詩中的「投入」一語雙關，一為形體投入水中而成倒影，一為愛護之心的投入是百分百。

攝影一分鐘

這張照片都是手機所拍的。拜科技之賜，現在的手機幾乎都有照相（甚至攝影）的功能，設備愈來愈精密，畫素也愈來愈高，但無論如何，到目前為止，手機照相依然比不上傻瓜型的數位相機（更遑論單眼了），譬如鏡頭太小、敏銳度不足，但只要了解它的優缺點，還是常可拍出不錯的作品的。本圖忠實的呈現新店溪的流向（特別是灣潭之彎），它的成敗關鍵在於能否找到最佳的角度。其次要注意的是水中倒影的清晰度，比較可惜的是，拍這張照片時，才雨過沒幾天，所以溪水略嫌黃濁。

北二高（前）與碧潭橋（後）

CHINA SHIPPING

美之城社區

因為禁不起山水的誘惑，我住進新店。

那是山坡上的老社區，必須越過碧潭才到得了，當時想像每天走吊橋出入，一泓翠碧潭水映晃盎綠山色，現實生活大概沒什麼比這樣還浪漫了吧。它的名字也很動聽，叫「美之城」。社區很大，超過一千戶，我搬入時，進住率還不到六成，推想主因是地處偏僻，交通不便。

若過了社區大門再往裡走，下了另一邊的山坡就可到淨水廠，新店溪於此兜了一大圈，在淨水廠的這段，平順無阻，當地人稱為「直潭」。它的右岸是偌大的一片平原，早先皆為農耕之地，後來一半被徵收建了淨水廠，餘下一半經重劃後由地主自建住屋。直潭出了一位世界名人，即經營之神王永慶。

溪水輕騎掠過廠區後，右岸山勢猶酣，臨空劈下，巨臂伸展，看似抗拒，卻又像溫柔的擁抱，溪水流淌至此，前行無路，一失神即打滑傾彎向左；而左岸丘陵餘威方盡，再無氣力橫逆水神，乃任其蜿蜒蛇繞而過，是謂「灣潭」。

美之城是沿山坡而建的住宅區，從最高處往前往下看去即是這一方低平的淨水廠，遠遠觀之，更覺它如被呵護環抱的山谷。晨昏之際，陽光挪移幻化；或季節嬗

直潭淨水廠

遞，雨意迷濛，薄施雲霧。記得當我第一次看到如此景致，恍恍然如墜夢境之中，心想，若非地處城市的邊緣，否則怎會有此山景？

始終覺得「城市邊緣」是這裡最貼切的形容，我甚至曾以此名為報社副刊撰寫散文專欄，雖然總計才寫了十五篇，而且每篇幾乎都是交稿的前晚一夜寫就，但其中兩篇〈守護灣潭的燈〉、〈等待冬天〉卻分別被收錄於康軒版、南一版（已替換）的國中課文裡，這應是環境為創作帶來了豐富的能量的最佳例證吧。

只要得閒，我就愜意的漫遊於山間溪邊的小徑，讓世俗塵囂被隔於綠蔭水聲之外，黃昏斜日，特別喜歡到直潭轉灣潭的溪邊獨坐，這裡的靜謐像是被山水濾過一般，無聲裡含蘊著清澈空靈的祥和。對岸是香火鼎盛的海會寺，寺廟的金黃琉璃屋瓦從綠蔭之中探出頭來，凝觀著平和無波的水流，雖然一切無言，卻像是佛者說法，只能意會，知或不知，端視因緣。

然而人的世界總是矛盾又複雜的，有人淨心戒欲、參禪見性，卻也有更多的人貪一時之便，蠅頭之利，枉顧生態危機，所以文明吞噬自然的速度是何其的迅速啊。野薑花一向是我觀察城市邊界位移的重要指標，搬到這裡的第一年，往淨水廠的路邊即處處可見花蹤，但每年它們都節節敗退，而且一年比一年快，不出幾年光景就如被抄家滅族一般，只剩一些倖存者遁逃於幽深隱密的水湄谷底，而一路追殺的兇手當然就是人類了。

進步不是用文明取代自然，而是學習如何尊重自然，並與自然和諧共生，這當今人類最大的課題我們才剛開學。

遺世而獨立之海會寺

海會寺

灣潭擺渡

大甲

吃在故鄉

約會春天

春，來了
帶著我寄給她的邀請卡
我們將坐在這預定的座位
直到滿園的花
老去

小詩一分鐘

春天是新生初始、年輕活力、繽紛多彩等的象徵，以致寫作者總喜歡以春天為喻。「春天來了」是稀鬆平常的描述，但改成「春，來了」之後，季節春天就突顯出來了，而且也表示提醒態度的慎重，不過真正將第一句帶離平庸的境地是第二句，春天的到來並非依循自然的嬗遞，而是被「我」邀請而來，點出「我」對春天來臨的渴望。第三句的「我們」頗值玩味，可以是「我與你（們）」，也可解讀為「我與春天」。「滿園的花／老去」表面上指的是春去花凋，另一層是：我們已擁有一段完整而美好的時光。

攝影一分鐘

這座園林除了佔地不大，又以生態概念規劃，雖然花木扶疏，卻尊重自然，所以不像一些園林餐廳或休閒渡假村般的人工化，當想要表現整體風貌時，一不留神就陷入凌亂，像難以避免的枝椏、花草等自動的跳進畫面，因此角度的選擇就相當重要。另外，不妨考慮拍些小景，它們常常有令你料想不到的意境或可愛之處，同時，許多小景的集合不就拼組出全貌了嗎？記住這句話：大處著手，小處不放過。本圖採居高臨下拍攝，跳脫了平視角度，以擺脫不必要的干擾，來表現全園的空間感。但萬一沒有樓層可取制高點時，該怎麼辦？當然就得隨機應變、因地取材了，譬如借助椅子、圍牆、樓梯等，任何可以架高你的相機的東西。

卓也小屋

鎮瀾宮

我雖出生於苗栗苑裡，卻成長於台中大甲。

從國小到國中，一直都住在這個臨海的小鎮。那時代，一般家庭普遍貧窮，物質匱乏，根本沒餘錢為小孩子買玩具，很多童玩都來自DIY，或者就到郊區自然間去嬉戲耍玩，自然界是最大、最好的遊樂場。所以雖然是小小年紀，卻不能滿足於鎮上的街道巷弄，或鄰近的稻田菜園，常常在媽祖宮（鎮瀾宮）窩膩了（玩尫仔標、橡皮筋），就長征大甲南北的天然邊界——大甲、大安兩條大溪，或是西邊五公里外的大安海港。

不過，到了高中負笈台中求學，而之後的大學離大甲更是遠了，及至出了社會，就跟許多中南部的年輕人一樣，羈留台北，成了異鄉人。從此，回大甲，唯有等待假期了。

家鄉之於遊子就像玩「一二三，木頭人」那般，當你不在時變得特別快。每每回大甲，總覺得她整形成癮，亂無章法的拆屋開路，就像上次脈衝光的紅腫尚未消退，這次又打了玻尿酸。對家鄉「愛慕虛榮」的美容變身，我頗不以為然，每次回去，為免與她面相覷面的尷尬，乃騎著腳踏車往鎮外逛，通常不是到濱海的大安鄉間去吹海風、看油菜花，不然就上鐵砧山。

鐵砧山劍井

鐵砧山是中部有名的郊山，為台灣小百岳之一，低矮得可以，僅海拔二百餘公尺，山頂平坦似砧台。它之聞名乃傳說鄭成功部將受道卡斯族圍困時，祝禱後以鄭氏寶劍插地而湧泉，該地終成甘泉之井，稱為「劍井」。小時候，每年新春初一一早，總呼朋引伴走一趟鐵砧山，先到劍井喝口泉水，再拾級而上，穿過相思樹林抵山頂的鄭成功像，彷彿這樣才真過到年。

回老家的次數逐年的減少，最後就只剩過年過節了，如端午回去帶綰粽子，中秋全家烤肉、吃月餅、柚子，以及，冬至的湯圓。然而每次返鄉，總有全家團聚用餐的溫馨時刻，一開始，在自家料理煮食，但隨著社會形態的改變而逐漸轉為外食。鎮上市區到底有什麼適當的餐廳？我不得而知，只記得常常到老家附近的海鮮店光顧。

那種鄉鎮型的餐飲店，草根氣息固然濃厚，但吵嚷雜亂，想聊個天必須喊破喉嚨，擺明吃飽就該拍拍屁股走人，由於缺乏特色，當然讓人難有流連的慾望。不像住在彰化溪州的名詩人吳晟，每次去拜訪他，都有不同的飲食體驗，有時是花卉庭園餐廳，有時是摻揉台灣味的德國豬腳，有時又是肉嫩湯美的羊肉爐，皆各具在地風味，令我欣羨不已。

直到年前（二〇一〇年），與名建築師，也是東京大學教授藤森照信（Terunobu Fujimori）一同到大甲鐵砧山實勘，會後，東道主空間母語基金會安排到大安「卓也小屋」庭園餐廳簡報、用餐，我長期的感慨才獲得紓解。

餐廳佔地其實不大，屬嬌小溫馨型，餐食有機而富鄉土風味，據悉，它在三義偏遠山區另有一家，結合民宿、文創產業與餐廳，規模較大，但我尚無緣造訪。整個園區以生態工法建造，建材至為普通，有的看起來甚至是回收再利用的元件，空間規劃似有心又覺無意，步道、小徑、水池、台閣各自依傍成形，毫無雕琢造作的習氣，在綠意與樸拙之中創建自我的格調。

這就是我的家鄉應該擁有的餐廳啊！我內心不禁如此的吶喊著。因為，我一直認為，飲食文化其實是當地人文素養的重要指標之一。

所有的國外訪問經驗裡，每到一地，當地接待的朋友或單位宴請時，一定安排具有他們在地特色的風味餐，主人對每道菜的食材、料理手法，以致於掌故、營養成分無不瞭若指掌，這是文化主體意識的展現，有自信的人總輕易的贏得尊敬與理解。

下次如果朋友造訪大甲，我總算能有個不令自己慚愧的地方來招待他們了。

濃霧鐵砧山

鐵砧山綠蔭幽徑

鐵砧山上俯瞰大安溪

大甲田野

東海大學

約農路的木屐聲

祝福

快門一按

笑容就被陽光記得

結束的背後正上坡

兩旁羅列著茂密的叮嚀

祝福很含蓄

鋪成綠綠的草皮

小詩一分鐘

這是一首應景詩，祝福剛畢業的所有朋友。本詩正面呼應照片內容，應是在拍碩士畢業班的紀念照，他們所站的位置剛好在文理大道的起點，後方一路緩坡向上；畢業乃人生某個階段的結束，但也是另一段旅程（不論學業或事業）的開始，所以，當然充滿挑戰，「結束的背後正上坡」即是此意。文理大道兩側鬱鬱蔥蔥，林蔭繁茂，像極師長對學生無私又無盡的教誨與耳提面命；剛剛修剪過的草皮在陽光下益顯翠綠柔和，用它來形容對人的祝福最恰當不過了。

攝影一分鐘

東海文理大道兩旁的樹與建築都非常迷人，頗能體現寧靜致遠的境界，不過這張照片刻意去拍文理大道的動與鬧，因此照片中擠進很多人，而主角是那群拍畢業生活照的學生，雖然照片無聲，但觀者似乎可以聽到學生們的談笑風生，以及即將畢業高飛的喜悅。什麼時候按快門呢？當然是擺好姿勢、笑著看他們的鏡頭時，搶拍啊。或許有人會擔心左邊背對鏡頭的女子與右邊的中年男子是否影響畫面，其實如果將他們想像成助教與老師，那不僅不是累贅，反而增添了畫面的溫馨感。這種照片是因緣巧合，不過還得夠敏感，否則遇上了也渾然不覺。

我並非東海大學校友，但對它卻始終存在著某種特殊的情感。

早在唸高中時，因辦文藝社團繆思社，以致荒疏課業，勤於活動，甚至翻越校園圍牆，遍訪當時台中市區的大學相關社團討教、聯誼。

東海當然非去不可，因為許達然、楊牧就出身於此，他們兩位，前者散文，後者新詩，於當時文壇已聲名赫赫。

負責聯絡的同學興奮的表示，我們要去拜訪的對象是青年寫作協會台中分會的會長，聽起來「官位」很大，我純真的心靈認為，他的文章應該也寫得很好。

我們三個高中小毛頭，那晚依約從台中市區搭乘22路公車進入東海校園，東闖西撞的好不容易才摸到那位會長的宿舍，他的室友卻冷冷的說，他不在，也沒交代有訪客。我們面面相覷，愕然的躑躅於文理大道，從七點多等到九點多，人總算回來了。

會長一面脫下他合身時髦的襯衫，一面炫耀戰功似的說，他剛從舞會趕回來，大學生這種活動多得是。聽得我們瞪眼豎耳，腦海中不斷閃入多采多姿的大學生活，至於有關文學、寫作的嚴肅議題，好像一句也沒提及，然後就結束了我們的請益時間。

本以為與君一夕談必可滿載而歸，那知被三言兩語的敷衍，這還不打緊，幾經折騰竟已過了公車收班時間，當下只剩兩條路可走，一是瀟洒的踏月而歸，姑且把它

當夜遊；二是搞浪漫，所幸就地枕草為蓆，以天為帳。我們三人一致通過，選擇了後者。

躺在路思義教堂前的草坪，夜空的劇院星星陸續入場，我們三人反而比較像演出者，發現天上那麼多觀眾，演來格外的入戲，比手劃腳通宵談詩論藝，直到清晨，全身沾潤了露珠，那該是星星粉絲從天而降，給予我們謝幕的熱情擁抱吧。

與東海的因緣似乎這才剛起步，過兩年（一九七七），我已高中畢業一年，壯烈的拒絕聯考，輕唱著流浪者之歌時，不意間，發現了大學對面蔗田小徑後的東海花園，這比被保送進大學還令我振奮。

花園主人楊逵是台灣文學史、農民運動史上的巨人，卻是現實生活中親切質樸的平凡歐吉桑，這是後來我跟他生活了四個月的心得。

花園裡有間破敗的工寮，只有兩張鋪層稻草加草蓆的單人床與書桌，多年來常有藝文人士短暫作客，或許此一傳統早已形成，所以當我向楊逵表達希望進住工寮時，他正眼也沒瞧我一下的盯著報紙，就答應了。

從此，我成了東海花園的一員，每天早起澆水、除草，訪客來時幫忙接待，楊逵的訪客繁雜，文化、學術、媒體等無奇不有，當然大學生亦不少，因地緣之便吧，最

多的是東海的學生，有陣子一位政治系的學生幾乎每天早上為楊逵送來一瓶東海牧場出產的熱鮮奶，至今我依然清楚的記得那玻璃瓶的熱度。

花園的地址是台中市中港路三段192號，卻不在路邊，而且還有點距離，但服務周到的郵差還是騎著摩托車將信件投進花園前那棵老鳳凰樹幹上的信箱，然而有些掛號、包裹仍得到校園裡的郵局提領，這也是我重要的工作之一。

花園內盡是黃土泥地，我們習慣穿木屐，與楊逵朝夕相處，生活習慣、文學觀已受其影響，一切簡約素樸，當然不會為了領掛號而更衣換鞋，走在約農路（東海入校的馬路）上，我腳下的木屐ㄎㄧㄎㄧㄎㄚㄎㄚ響，從進校門，一直到路思義教堂旁的郵局，走到哪都引人側目，不僅聲音，當時，木屐早已少有人穿了，所以應該有不少大學生看都沒看過吧。

大部分的人提到東海大學想必少不了路思義教堂、文理大道、牧場、鳳凰樹……，這些固然也令我流連再三，但最常響在我夢境的曲調還是約農路上的陣陣木屐聲。

彩虹村

畫在地上的彩虹

彩虹眷村

當戰爭老得拿不動槍桿子
槍就進化到刷子
子彈被熔成水泥漆
我則用扣引扳機的手
為低矮殘破的碉堡繪製
一襲嶄新的迷彩裝
以防禦利益部隊的突襲

小心头
老兵在

小詩一分鐘

本詩以正面思考發想，主角黃永阜是退伍老兵，因此全詩的所有元素、意象皆圍繞著戰爭，如槍、子彈、扳機、碉堡、迷彩裝、部隊等。首句言戰爭已老，以老喻頹勢，也就是說人類本是厭倦戰爭的，和平才是進步社會的表徵，接續的第二句才用「進化」，不然照一般思維，槍（象徵強勢、殺傷力）變成了刷子（軟弱、無力）應是退化才對呀。

刷子、水泥漆是黃永阜彩繪社區的工具與材料，當他將房舍的牆壁門扉、巷道路面多畫得五彩繽紛後，彷彿為老舊破敗的眷村穿上新衣，而特定將眷村譬喻成碉堡、和選用「迷彩」一詞，都是為了呼應全詩的戰爭意象。結尾筆鋒轉向對抗利益財團，正是緊扣彩虹村存廢諸多問題的癥結點。

攝影一分鐘

彩虹村範圍其實不大，主要分兩部分，一是黃永阜住家前的院落，一是照片中這條小巷弄。後者幾乎已經成為彩虹村的主要意象，但它其實既窄又短，大約只有三十公尺左右，為要表現整體感，以及視覺的綿長性，所以選用廣角鏡，這樣小巷看起來長多了，彩繪也更加的壯觀；而且刻意從寫著「小心頭」、「老兵在」的地方取鏡，以突顯彩繪者的個性。

光是拍照極其重要的因素，但這面牆因方位問題，無論晨昏都無光源，因此若構圖含蓋了明暗兩處時，需注意光線對比是否太強。

25号
在
25
号
OK

在台灣，社運猶如一部巨型的拖曳機，一發動起來無不喧騰激昂，白布條、標語、示威、抗爭、遊行……等皆是少不了的道具與動作。

相較之下，黃永阜這個年近九十高齡的老兵，沒有組織，沒有任何團體的奧援，靠著幾桶水泥漆，以他枯瘦的雙手，將面臨拆除的眷村一角彩繪得艷麗繽紛，經媒體、網友自發性的大幅報導之後，社會大眾迴響熱烈，於是有學生團體、里長辦公室等開始站出來守護、搶救，地方政府為順應民意，只得在都市計畫上改弦易轍，以重劃的方式（該區原先被劃為道路與住宅用地，將改為公園用地）來保存它。

本名「干城六村」一看便知是眷村家族，但現在搖身一變，「彩虹村」成了它的新身分，雖然通俗，倒也貼切。它先前只是城市邊緣的卑微一隅，如今卻成為發光的角落，黃永阜這番以彩繪再生社區的案例，毋寧是場美麗的寧靜革命。

黃永阜本為香港九龍人，年輕時，響應國民政府「十萬青年十萬軍」的號召而入伍，並隨其來到台灣，先後住過高雄、屏東，最後落腳於台中現址。他的彩繪社區動機原只是不捨住了十幾年的小屋、鄰里即將消逝，彩繪像是為這個老眷村、為這些老房子送行吧？

這種最單純的動機，沒有社區營造概念，不涉公共藝術思維，毫無社運的合縱連

橫策略，然而最後卻又都成了這些理念的極佳範例。

黃永阜讓我想起台南北門南鯤鯓的洪通（1920～1987），這位曾在七〇年代轟動台灣社會的素人畫家，一生窮困潦倒，雖曾短暫風光，但最後仍然抑鬱而終。他們兩位年齡相仿，畫風亦同屬樸拙一脈，用色對比皆鮮麗明艷，但洪通的色彩變化多而細膩，而黃永阜則喜用藍、紅、黃、白等為主色調。

洪通的文字畫帶著濃厚的神祕色彩，像民間道士的畫符，因此有人稱他為「靈異畫家」。但黃永阜的素材大都從生活而來，除了牛、貓、鳥、熊貓、飛機等元素，人物才是他主要的內容，其中有來訪的日本姑娘，但大部分是在電視上看到的演藝明星，如：李小龍、小鳳仙、鄧麗君、張菲、豬哥亮、鳳飛飛、楊小萍、楊麗花、劉德華……等，可說是典型的「我手畫我口」；他雖也在畫裡寫字，但字體端正，內容不離勸世、吉祥語或座右銘，如「舉頭三尺有神明，諸惡莫作」、「美善人生」、「大家出入平安」、「感恩的心」……，不過最常出現的是「老兵在25號」。他們兩個有一最大的差異是，洪通的畫以甘蔗板、紙張、畫布為載體，但黃永阜則畫在牆壁，甚至地面、巷弄，像是把彩虹畫在地上。

網路上顯示，彩虹眷村位於嶺東科技大學後方，春安國小斜對面，第一次乃依此

資訊前往，繞一圈後發現，走忠勇路19巷路徑反而清楚，而且巷口有一道教的壽明宮極易辨識。

位於台中市春安路56巷的彩虹村每天訪客絡繹不絕，常將狹窄又短促的巷弄擠得水洩不通，惹得春安里辦公室不得不貼出籲請遊客保持安靜的告示。檢視「手牽手，守護彩虹眷村」聯盟所張貼的簽名大圖，來自各地的大學生紛紛簽名相挺，彷彿是一場不必徵召令的全國大會師，這或許可算是另類的公民運動吧。

歡迎：
男女拍照
好心人給我
十元買水泥漆。
老兵畫牛羊馬
請来參觀指教
買全部漆料三萬五仟元。畫一年時

五六巷
25
28
號
春安路

八卦山

與詩擦身而過

烙銅的意志

唯恐這些靈魂過於熾烈
整片樹林為他們打起涼傘來
但他們堅決的意志
仍將銅烙燒出
一句又一句的熱情

小詩一分鐘

這首詩寫的是文學步道，因此，以「熾烈的靈魂」形容被選入其中的詩人（皆已過世），暗喻他們對世事、田園、生命的熱情。以彰化文學步道的設計來看，每位詩人及其摘錄的作品設一詩牌，又像是一座詩亭；詩刻在銅板再上黑色油漆，不像一般以石材立詩碑，這也就是為何詩中會提及銅板。另者，整條文學步道是沿八卦山坡緩緩向上，一路綠蔭盎然，所以產生「為他們打起涼傘來」的構想。

攝影一分鐘

拍攝林蔭需注意兩點：一、光線明暗的對比，特別是晴空朗日，樹傘之上陽光強烈，樹下不受陽則過於陰暗，以致對比過於強烈。解決的方法是測光點可否找到中間值的地方，或者以閃光燈補光。二、拍攝的對象全是樹木，因而缺乏明確的主題，可考慮藉由構圖佈局來表現，如遠近大小、清晰模糊等來區隔主從地位。再者，以本圖為例，既是拍攝步道，就該有人行走其間，這樣才能呼應主題，並在一片靜態的植物中加入動感（物）。

八卦山俯瞰彰化市區

彰化的八卦山是我人生第二個認識的風景區，第一個是家鄉大甲的鐵砧山。

父親是火車司機，隸屬鐵路局彰化機務段，因此小時候偶爾會跟他前往辦公室領取薪餉。那天如果碰巧父親心情好，他會炫耀的對我說：「帶你去八卦山看大佛！」好像大佛是他建的。通常這趟父子的參佛之旅會先在山下吃碗彰化肉圓，將體力與心情餵飽補足，才安步當車的上山。

童年上八卦山的目的單純而明確，就是為了瞻仰二十四公尺高，曾是亞洲第一的大佛。佛身中空，分六層，可入內參觀，但我進去一次之後就興趣缺缺了，我還是喜歡從正面端詳大佛的莊嚴法相，有時，繞到祂身後，想像祂背部開的氣窗，或站在蓮花座前感受其雄偉。

長大後，那種當父親小跟班的機會沒了，自然而然也就少了造訪八卦山的動力。直到二〇〇一年，彰化縣文化局在八卦山建造了文學步道。

何謂「文學步道」？很明顯的，它是由「文學」與「步道」兩個詞彙組合而成，前者指的是與文學（家）相關的內容，通常是文學家的一小段雋永或代表性的詩文，也可以是他的個人簡介；後者是地理空間，也就是說，現場必須能夠形成可供觀賞的路線。

文學步道

彰化是台灣少數規畫有文學步道的縣市，它的誕生得力於在地知名詩人吳晟、康原的高瞻視野與戮力推動，加上學界陳芳明、施懿琳、楊翠等人的參與，當然還得有彰化縣文化局的認同與支持。

文學步道地點選擇於八卦山坡是明智之舉，因為它就成了八卦山風景區的一部分，不僅豐富，也深化了原先單純的觀光休閒空間。

步道的起點是彰化縣文化中心後門的抗日保台史蹟館，從該館旁拾階而上，先是抵達彰化縣文學年表的圓形廣場，年表始於一七〇三年，終於步道竣工的二〇〇一年；圓周的設計則結合了景觀碑體（年表即是刻在其上）與弧形休閒座椅。

從年表廣場開始，步道沿途共立有洪棄生、陳肇興、賴和、陳虛谷、周定山、葉榮鐘、洪炎秋、王白淵、謝春木、楊守愚、翁鬧、洪醒夫等十二位彰化地區重要作家的詩牌，它們側身林蔭之間，散發出詩的靜默力量。

我多次步履其中，開啟所有的感官，領受山林步道的悠靜，與前人時而悲憤，時而柔情的詩句。更重要的，童年那種謙敬的朝聖感覺又回來了，單單純純的心意，清澈自在。

C119運輸機

上了文學步道才發現八卦山不一樣了。

整座山明顯的經過規畫，有社區博覽館、生態園區、健康步道……等，很能迎合現代人休閒運動的需求。二〇〇九年我應彰師大之邀擔任駐校作家，初初到校不久，甫卸下國文系系主任的周益忠教授為盡地主之誼，某日特地約我晚餐，他帶我從校園後方爬坡到一家叫「卦山月圓」的餐廳。我從網路得知該餐廳竟頗具知名度，其實，它的餐飲如何我已印象模糊，倒是拜地理位置優勢，一覽彰化市之夜景。

鄰近餐廳處闢有小公園，設戶外咖啡座，旁邊竟有一架C119運輸機，這飛機曾載過我人生一段新奇之旅。服預官役時，我幸福抽中籤王之一——空降特戰司令部，需受基本傘訓，跳五次傘，搭的飛機就是C119，但每次都只有起飛而沒有降落，因為在半空中我們就跳下機了。

我從機後門跳落，跳落八卦山的地面，彷彿跳回了童年，又彷彿跳進了台灣文學史的一頁。

健康步道

抗日保台史蹟館

彰化藝術館

銀橋飛瀑

銀橋飛瀑步道

八卦山上賴和〈前進〉詩牆

銀橋飛瀑兒童水樂園

日月潭

群山裱褙的水墨

眼界

如果你沒有崇高的心志
以及，夐遠的眼界
就只能瞥見我遼闊的邊緣
如果你無法掃蕩
桀驁亂闖的浮雲
那我的深邃啊是多麼的膚淺

小詩一分鐘

本詩運用了兩個假設句，借以凸顯「我」的遼闊與深邃（照片中的日月潭之景）。照片因從纜車上所拍，俯瞰遠眺的視角，就有了「崇高」、「敻遠」的意涵。至於「心志」與「眼界」皆為抽象詞，乃因有照片的實景以為搭襯，可以免於空泛的危機。第四、五句頗有意思，就風景而言，雲霧繚繞使景色蘊藉，益顯層次，但詩中卻賦予雲霧負面的形象，有如李白詩「總為浮雲能蔽日」所喻。晴空朗日才得以窺見「我」的全貌，既言「我」之大氣，也暗喻「我」品格之磊落清高。

攝影一分鐘

纜車營運後，成為日月潭最熱門的景點，排了幾十分鐘好不容易上了車，當然要把握短暫的時間猛按快門，因為單趟只有七分鐘。我看過不少部落格中的纜車照（不論拍纜車，或從車內往外拍），但大部分照片都有明顯的玻璃光暈，那是因為纜車四面俱是玻璃窗，又懸掛於半空中毫無遮蔽，以致光線交互折射迴照，因此較難閃避，拍照時鏡頭要緊貼於玻璃，以減低反光；但不建議推開玻璃將鏡頭伸出窗外，因為窗縫細窄，相機進出時容易勾卡，稍一不慎可能掉機，甚至更嚴重的危險。

電視報導大陸觀光客為了爭相跟刻著「日月潭」三個字的石碑拍照，不惜彼此惡言詈罵，甚至演出全武行。

陸客來台觀光，最嚮往的景點當屬日月潭與阿里山，在兩岸仍處敵對、冷戰階段，這一山一水是大陸民眾賴以想像台灣的入口。然而阿里山小火車事故頻仍，旅遊安全疑慮揮之不去，讓不少旅行團怯步，使得原本雙勝並列的局面，日月潭竟輕易地擺脫纏鬥，順勢脫穎而出。對陸客而言，寶島來之不易，因此豈可空手而回，勢必攝取最具台灣的意象，返鄉之後，才足以向家人親友證明、炫耀這趟台灣之旅。

二〇〇九年我與一群作家朋友參訪西藏，遊歷西藏三大聖湖其中兩座，羊卓雍措（海拔4,441公尺）與納木措湖（海拔4,718公尺，全世界海拔最高的鹹水湖），並從乃欽桑峰（西藏四大名山之一，海拔7,991公尺）主峰下經過，我們也都不放過跟那幾顆刻著地名的石頭合照的機會。

二〇一一年七月，另一趟的作家大陸行，其中一天早上安排體驗長城，同行的作家朋友大都不是西藏之旅的團員，但大家還是群聚在「不到長城非好漢」的石碑前等拍照。

日月潭的陸客搶拍事件喧騰一時，或許很多人覺得不可思議，竟然可以為了一顆

石頭、三個字鬧上新聞，我則認為，禮讓風度固然低落，但那種觀光客「到此一遊」的心理，舉世皆同。

日月潭為台灣第一大湖，魅力當然無法擋。

日治時代的涵碧樓曾接待過日本東宮太子（後來的裕仁日皇），國民政府來台後，蔣介石也拿它當行館。日月潭的身世始於邵族傳說，但隨著台灣歷史的演變，卻也一度沾染不少政治的塵埃。

我第一次遊日月潭，住在教師會館，公營的旅館價格合理，房間樸素簡潔，當時運氣頗佳，居然面湖，雖不是全視野，卻已見識到清晨迷人的湖色，有如羊毫椽筆飽沾曦微，層次分明的渲染藍彩，靜謐無邪。

心想，千百年前，邵族祖先一路追逐白鹿至此，見到的也是這樣的畫面吧？而他們受到的震撼想必更勝於我，否則不會選擇就此定居下來。

過了數年，再訪日月潭，車子開到水社就一路被攔，全都是兜售茶葉的小販，不要命似的衝到車前，那種推銷手法不僅強迫，而且還頗有宰割的意味；遊興被壞，我悻悻然掉頭就走。

一九九九年九二一大地震固然為日月潭帶來莫大的損傷，卻也震掉了一些陳疴痼疾，像是潭中之島本為邵族人的舊聚落，亦是邵族最高祖靈「pashala」的居所，邵語稱之「lalu」，竟被改名光華島，更在島上建月下老人亭，如此荒誕粗暴蔑視邵族文化的行徑，想必連老天都看不下去，該亭崩於強震，災後月下老人移居水社龍鳳宮，該島正名為「拉魯島」。

災後的日月潭確實獲得重生，舊部落以往缺乏管理的雜亂在規劃後明顯的改善了許多，有一次，參加日月潭風景區舉辦的活動，就住在飯店聚集的水社，到了夜間，遊客全到了老街散步，雖然擁擠，但並不喧囂浮躁，反而有點繁榮的喜樂，那是日月潭活力旺盛的夜景。

二〇〇九年底開始營運的纜車是日月潭另一股旅遊活力，從青年活動中心到九族文化村觀山樓，全長1,877公尺，坐在四面玻璃窗的車廂中，視野通透遼遠，人彷彿隱身於超大型的伸縮鏡頭裡，隨時從不同的高度、距離拍攝日月潭。

整個風景區的規劃有了統一感之後，環湖公路固然是快速瀏覽日月潭的方式，但最吸引我的還是自行車道與步道，它們才是貼身親炙日月潭的途徑，走在步道上才能體會日月潭遺世沉靜的一面。

但這其實只是我的奢望罷了，那麼悠哉的心情與時間，幾人能有？我到日月潭，頂多只能找家臨水的咖啡座喝杯咖啡，然後黃昏就來了。

黃昏是日月潭另一段美麗的時刻，但得在水社壩看。那裡開闊了無遮攔，對岸的文武廟、玄光寺、慈恩塔等名勝總被行書般的晚雲烘托，猶如一幅以群山裱褙的水墨。

這麼一幅大地至美之畫，什麼鏡頭都拍不下，唯有你，放空的心。

溪頭

隱士與仕女

竹拱橋

我挺直，卻身段柔軟
從此岸到彼岸
為求圓滿
無怨的委屈自己
弓成優美的弧線

小詩一分鐘

構思本詩時，最早選擇貓為意象，因為竹拱橋很像弓背的貓，而且貓來去無聲無息，頗能貼切的呼應溪頭多霧的氣候特徵。後來又覺得雲豹更具震撼力，雲豹為已絕跡的台灣特有種動物，不僅與貓的諸多特性相仿，且更具傳說的神祕感，然而後來都忍痛割捨了，因為大學池上的拱橋以竹為材，環境幽雅靜謐祥和，但貓、雲豹皆為動物，後者更有寧靜之中隱藏殺機之感。最終回到建材本身發想，彎竹以為橋，其實是改變了竹子的本性，但為連繫兩端，竹子心甘情願委屈求全。以此暗喻人與人的溝通、了解如有一方先能包容、退讓，彎下身來謙卑的伸出友誼之手，終能映照出完滿的圓。

攝影一分鐘

大學池是溪頭的主要意象，乃遊客必到必拍的景點，一般人拍大學池通常選擇從池邊取景，如此方能攝進拱橋的全景，以及它的倒影。倒影有虛實相映，複製景物，擴張視境的好處，如果又有燈火，則搖曳生姿，旖旎動人，只要靜水或流速緩慢平穩的河水都可產生倒影，遇此環境時不妨借機多加表現。然本照片刻意捨去常態構圖，利用廣角鏡頭近身取景，除了一新大家對大學池的刻板印象外，也伸展了拱橋長度，讓它在原先的秀氣中增添幾分偉岸。

霧中銀杏

顧名思義，溪頭因為北勢溪之源頭而得名，乃台灣大學農學院七座實驗林場之一。一九七〇年規劃為森林遊樂區，六年後，救國團在園區內設置活動中心，就地取材以原木興建，濃厚的自然風散發出無限的魅力。

七〇年代的台灣，正努力的創造經濟奇蹟，一切以工業化為尚，大小工廠如雨後春筍，為追求快速、短暫的利益，鋼架、鐵皮屋、石棉瓦等速成、低成本的廠房此起彼落，農村田地由綠變灰，客廳可以是工廠，公園、風景區的欄杆、柱子是水泥包鋼筋，外表再塑形漆成原木或竹子，處處充斥著自然的仿冒品，而溪頭貨真價實的原味自是休閒度假的極品，自一九七七年以來，每年至少擁進百萬遊客。

對四、五年級生來說，溪頭是旅遊的夢土。

我初見溪頭是大學時代與友人縱走溪阿，但因目的是山林健行，以致整個心思都專注在沿途可能的突發狀況，以及抵達終點阿里山後的安排。然而好不容易來一趟溪頭，還是走馬看花一番，雖是浮光掠影，卻已大為驚艷。

隔了好一陣子，才找到機會可以踏踏實實的遊溪頭，雖然克難的三人擠一間雙人房，且打地舖的人就是我，但住的可是年輕人欣羨的救國團活動中心，雖不是高檔的獨棟小木屋，但總算紓解了長年的魂牽夢縈。

那次，認識了銀杏林（台灣唯一一座銀杏純林）、大學池；當然，還有已活了兩千八百多歲，高四十六公尺的紅檜神木，它得以留存至今，被以神木稱之的供人瞻仰，並非年高德劭或身材偉岸魁梧，而是因菌類侵蝕，心已成空，空心之木經濟價值頓失，因而逃過被砍伐的噩運，想來這是何等的諷刺啊。

眾所周知，溪頭在行政區域上屬南投縣鹿谷鄉，那是茶葉的故鄉，除了產茶，溪頭的竹子更是名聞遐邇，以孟宗竹、桂竹、森竹和四方竹居多，當時港台電影流行武俠片，不少打殺的鏡頭便是在溪頭的竹林裡拍的。

不論顏色、形態或是質地，竹子瘦而長，柔而韌，隨風輕撫卻不低頭叩地，風節自持，的確是詮釋武俠的最佳代言與場景。武林高手施展上乘輕功於竹梢飄逸來去，即使刀光劍影廝殺得你死我活，卻仍保有一份俊秀從容的身段，這是武俠世界暴力美學的極度展現。

人生的際遇真是充滿變數，過了幾年，一位朋友忽然舉家遷居溪頭經營起養鱒場。溪頭年均溫16.6度，適合鱒魚生長，我在養鱒場小住數天，除了得知台灣有鱒魚之外，還第一次吃到了國中音樂課本中的主角。

養鱒場離溪頭很近，走路都可到，然而友人每天忙於照顧嬌嫩的鱒魚，對溪頭根本提不起勁，所謂「距離產生美感」，一點都不假。

美感之中的溪頭有如瀟洒儒雅的隱士，又似沉靜飄逸的仕女，深居於海拔一千多公尺的林間谷壑，多雨潮濕，枝繁葉茂，群山三面守護，留住翠意，防範雲霧走失。

溪頭也不全然可以永保寧靜安康，二〇〇一年桃芝跟納莉颱風接連來襲，重創園區設施、景觀與生態，當時很多人擔心此一難得的人間仙境是否回不去了，所幸後來復建得宜，今日再臨溪頭，早已不見惡颱肆虐的痕跡，反倒因陸客來台效應，入園人數暴衝，溪頭那種沉澱紅塵的特色，是否因而逐漸變質呢？人非不可抗逆之天，應可未雨綢繆吧，期盼不會淪為人的土石流。

竹廬

空中走廊

玉山

迎接台灣第一道曙光

前進

走入理想

才知路是這麼的曲折陡峭

有時又迷失在雲霧裡

在攀登前進的路上

自己的心跳是最振奮的鼓聲

小詩一分鐘

詩題〈前進〉是要向高峰前進，向理想前進，而且也呼應賴和的同名作品。口語解讀本詩如下：理想唯有付之實踐時才能體會到並不簡單，實務中有許多意想不到的瑣碎繁雜，判斷也容易被表象迷惑，最終成功的要件，端賴是否有堅定的意志與堅強的自信，而自己才是最可靠的人。本詩以登山譬喻理想的追尋，「曲折陡峭」、「雲霧」等都是高山常見的景象，登山終究得靠自己，理想的實踐亦復如此；「心跳」是生命最具體的表徵，也是最個人的生理現象，用它來象徵自己，可謂恰如其分。

攝影一分鐘

高山及其步道可以表現的主題很多，像群山的雄偉壯麗，雲霧的縹緲倏忽、虛實相間，森林的連綿深邃與神祕，步道的曲折、艱難、險峻，鳥類花草的盎然生機與秀美，等等；其中最後一類難度較高，需有專業的器材與時間，否則難有佳作。本照片應用不同的弧線將畫面分為四大區塊，從上而下，各有造型與色調，分別是天空、玉山主峰、冷杉林、步道與登山隊伍；前方的步道雖只露出短短一段，但似要貫穿整個畫面以達頂峰，至於取角，特地選擇步道陡峭的路段，藉以表現登山的難度。

清晨登頂

「玉山」之名最早見諸文字記載是在郁永河的《裨海紀遊》：「玉山在萬山之中，其山獨高，無遠不見，巉巖峭削，白色如銀……，可望而不可及。」

玉山是原住民布農與鄒族人共同的聖山，鄒人叫它「八通關（Pattonkan）」，意思是「石英之山」，石英是美麗的石頭，且又堅硬無比，這是玉山最早的名字。日本殖民台灣時發現比他們的聖山富士山（3,776公尺）還高，乃稱它為「新高山」。

玉山身形如一「山」字，中央主峰昂揚軒宇，拔地聳立3,952公尺，傲視東北亞；左右垂肩輔弼，威而不嚴的凜凜於王座之上。玉山之象乃王者而非霸主，雍容大度即之也溫，俯視寶島大地，庇蔭生靈。

此一深入人心的玉山形象，其實是玉山北峰望向主峰的角度，大多數人並非親眼目睹，而是來自影像。但在新中橫公路，倒可以看到玉山主峰，只不過身姿迴然不同，像極展翅翱翔的巨鵬。

我第一次登玉山就非常幸運，除了一群文化界的朋友同行，還有古道專家楊南郡一路為我們導覽。至今我依然清楚的記得，那天，晴空淡藍，卻孤傲得不許半絲白雲踏入，楊南郡引領我們在八通關草原解說清朝古道與日據越嶺道的來龍去脈，歷史就

循著那兩條古道在草原上交錯、搬演。

從此，我與玉山結下不解之緣。

二〇〇一年起，我開始推動「玉山學」，伸議形塑玉山為台灣聖山，呼籲每個台灣人一生至少得爬一次玉山，青年學子的成年禮應改為登玉山，並以此為台灣青年與國際交流聯誼的重要活動。

「玉山學」與一般登山團體最大的差別是，前者必須先上課十餘小時，除介紹玉山學精神與理念外，還得認識布農族、玉山的動植物、地質地形、國家公園概念等，結業後才取得登玉山的資格，強調的是先知性後感性的親近認識玉山，最終產生對土地的珍惜與愛護，迴異於純健康休閒甚或挑戰人類體能的登山觀。

數年下來，到了二〇〇六年我竟已累積了九次登上玉山的紀錄，不過有趣的是，十彷彿是魔咒，即使每年我都依例安排，然若非公務纏身，便是天候不佳，要嘛又巧逢排雲山莊整修，不論什麼原因，就是不讓我十次上玉山。

一般登玉山以三天兩夜居多，也就是從塔塔加上山，原路從塔塔加下山，這行程悠遊輕鬆，適合缺乏大山經驗或初體驗者從容自在的領受玉山自然生態之美。而第二天晚上，集體睡在排雲山莊通舖，一個睡袋緊挨著一個睡袋，遠看像是一排排蛹繭；

群峰疊嶂，台灣壯闊的山脈

尤其一熄燈，鼾聲此起彼落，或長或短，忽大忽小，有時是交響樂齊鳴，有時又如火車穿越無盡的隧道。難以入眠者端杯熱茶到戶外廣場聊天，天候若佳，此地海拔3,402公尺，光害全無，滿天星斗毫不稀奇，常可看到流星任意飆馳，更可讓人見識到銀河的浩瀚與震撼。

帶隊上玉山的學員大都是不同的朋友，因此每次都有不同的故事，這是登玉山另一重要的收穫與回饋，任何事少了人，難免乏味。最特殊的是二○○四年那次，十一月十日，我們在孟祿亭休息過後，展開一段陡昇坡，驀地，上頭下來一位全副裝備外加一袋專業攝影揹包的郵務士，當下以為有人搞角色扮演登玉山，後來才得知那是歷史的一刻，是台灣郵政史上第一次送信上玉山（投遞處為北峰氣象觀測站，門牌：南投縣信義鄉東埔村玉山莊北峰一號，海拔3,858公尺），那位送信人乃阿里山郵局局長葉序申，其實他長年都在儲匯部門服務，那是他有生以來第一次送信，還真是一位「假郵差」。

清晨登上玉山主峰，迎接台灣第一道曙光，在零度左右的低溫中熱情地叫台灣起床，生命彷彿被聖潔之光掃瞄除塵一遍，某些沉睡已久的理想頓時甦醒。不過，假如上不了峰頂其實也不必懊惱，因為人既已在玉山的懷抱了，在哪裡不都一樣！更何況，玉山永遠在那裡，隨時都可再來，最重要的還是在登爬過程的體悟吧。

台灣郵政史上首次送信上玉山的葉序申

玉山主峰日出

白樹林

聽得到歷史的呼吸

樹猶如此

是誰吟誦著醉人的詩句
不然，草怎麼都綠了？
又是誰，爭辯義理的黑白
否則，牆的臉為何那麼紅？
我聽著聽著竟忘我的
爬上地面，努力的伸展肢體
奮身登堂入室

小詩一分鐘

先談詩題「樹猶如此」，這句本出自《世說新語》：「木猶如此，人何以堪。」後來白先勇散文集借此為書名。不論古今，它的意思就是：連樹木都有那麼大的變化，更何況是人呢？大有感嘆生命的無常與流逝之速。本詩詩題表面亦借用其名，卻大異其趣，摒除了原典的後半「人何以堪」，「樹猶如此」獨立後，搖身一變成為承續上文的結論，意即：因為如何如何，所以連樹都這樣。本詩因寫孔廟，故正向的讚頌詩教之功，有如春風化雨。前四句以設問法引起讀者的期待心理，後三句的「我」乃以樹（根）為主角，在牆（黌宮）外聽聞了琅琅讀書聲、不輟之弦歌（這些都是儒教的象徵）後，也渴望進入課堂接受薰陶。

攝影一分鐘

台南孔廟最為人熟知的意象是其大門「全臺首學」，一般所見的角度多為正面拍攝，拍攝者大抵站在南門路中，或對面泮宮牌坊的位置，遊孔廟當然不能少了這經典畫面，但可考慮不一樣的視角，建議站到孔廟這邊的人行道，由府前路向孔廟取角，這樣可涵蓋「全臺首學」、廡堂、圍牆、人行道、路樹，畫面更具層次感。孔廟廟埕的「禮門」、「義路」兩門，堂殿、百歲老榕樹、茄苳樹等，彼此搭配，皆可呈現文教的質地，但本照一反尋常視角看孔廟，鏡頭蹲低，讓老榕遒勁的樹根似有奮力向前伸展的動感，其最前端觸及磚道，就像是要爬入殿堂了。

孔廟

全臺首學

180M
80M

國立台灣文學館

一九七七年春，因緣際會到東海花園與楊逵同住四個月，他是台灣文學史上的大家，抗日與農民運動的代表人物，終戰之後，更因起草《和平宣言》而坐了十二年的政治黑牢。

很多人羨慕我有幸親炙大師，晨昏相伴想必獲致不少寫作指導，其實不然，那四個月中，我們談的大多是蒔花種樹與生活瑣碎等事，譬如：移植龍柏時該如何斷根，如何掘坑、灌水、栽植；吳郭魚怎麼去內臟、洗淨、抹鹽、冷凍；香椿該摘什麼部位來煎蛋……

有天，我們討論到一位與我同輩的文藝青年作品時，楊逵有感而發的告誡我：「物件（東西，此處指作品）寫了要家己篩篩咧，毋通去予別人篩。」意思是寫作要自我嚴格品管（如稻穀曬乾，裝袋前需以米篩挑去砂石、稻桿），不要留下毛病讓人垢病。這是他唯一一次跟我談及寫作的態度。

楊逵反倒是多次主動述說他孩提時永難忘懷的記憶。一九一五年的噍吧哖事件（又名西來庵事件），日軍派兵鎮壓，砲車、運兵車從楊逵老家大目降（新化）門口轟隆隆而過，那年九歲的他，從門縫偷偷望出去，稚嫩的心靈既驚恐又憤怒，也埋下了將來反殖民的思想。

楊逵文學紀念館

楊逵的故鄉台南新化有位從事生命教育的康文榮老師，熱心文史，感念楊逵，戮力蒐集相關文物，奔走數年，終在二〇〇五年獲各方配合，成立楊逵文學紀念館，這是台灣第三座官設的文學館，但卻是其中設立的機關層級最低者。我曾多次前往座談、演講，空間與可用經費頗為寒酸，但志工們總是熱情而自信，親切的為每個參訪者詳細的介紹楊逵，他們眼中的光給了我極大的心安。

我較常去的是台南市區，某年因評選台南市歌，前前後後幾乎跑了台南一年。開車在交通繁忙的東門路、府前路，有時竟錯覺彷如正趕著去上班。這路徑算是我挺熟悉的了，因為有陣子還常到台灣文學館開會，而它就在府前路右彎南門路後不遠。

我主持高雄市文化局時，深覺為前輩作家葉石濤出版全集是我的重要任務之一，得知先前台灣文學館已做好資料蒐集與調查研究，但因無後續經費，以致計畫擱置，恰好當時的代理館長吳麗珠以前在文建會任職時既與我有過愉快的合作經驗，我乃跟她提議，何不由我們兩個單位共同分攤經費。由於我們的默契與互信，因此溝通毫無障礙，全集出版雖然艱鉅，但極其順利，也因為這個機緣，使得葉老得以在過世之前親眼目睹二十巨冊的作品全集問世，這或許可以告慰他一生為台灣文學的奉獻吧。

窄門咖啡館

這一區最令我流連了。二〇〇七年，一次開完會散步附近，竟在館側巧遇好友布農族作家霍斯陸曼．伐伐，他以《玉山魂》一書獲台灣文學獎，那天剛好是頒獎日，因此特地帶著太太與一對女兒從屏東前來文學館領獎；伐伐很是興奮，要求我跟他們全家合照，沒想到那是我們最後一次的見面，不久後的十二月二十九日他就因心肌梗塞遽逝了。

與文學館一街之隔的孔廟無疑是台南豐厚文化底蘊的象徵，綠蔭紅牆中，那幾棵百歲老樹猶如歷史的警句，「禮門」、「義路」兩門各立於廟埕草坪東西兩端，雖只幾步之遙，卻是人生修為中最遙遠的距離。

孔廟「全臺首學」隔南門路正對的泮宮牌坊內即府中街，規劃成特色商圈，街不長，不論賣麵、賣冰、賣筆記書、拼布包、咖啡館……等，店家皆嬌小，但古樸無華，人行其中彷彿隨處都聽得到歷史的呼吸。

我也喜歡到南門路的窄門咖啡館小坐，看幾篇稿子，或整理剛剛在孔廟所拍的照片。它的成名來自出入口是條窄巷——多窄？連我這五十幾公斤的瘦削身材，都得側身才擠得進去。其實館內人文氣息濃郁，店家更用心的蒐集了不少作家的簽名。咖啡

成功大學

廳在二樓，窗口正對與孔廟比鄰的忠義國小操場，小學生在那邊追逐、嬉鬧，聲音隱約飄送而來，每一扇窗都是有聲的畫作，掛在時間的倒影裡。忠義國小何其有幸，竟能將台灣的第一座孔廟納為校園！

講到校園，成功大學尤令我著迷。某次演講結束，一走出中文系館赫然發現一群霹靂布袋戲迷，他們有的身著戲服裝份成劇中角色，有的擎著三尺高的電視布袋戲偶，既拍照也即興走台步表演，優美雅致又具歷史色澤的校園一時成了調性和諧的環境劇場，這觸發了我日後的靈感。我到高雄市文化局後，即大力推動布袋戲展演季，成功的將戲迷的角色扮演與社群文化引進港都。

做為台灣的首府，台南的文化肌理更是存在於常民生活之中，顯而易見的是飲食文化，鱔魚意麵、棺材板、蝦仁肉圓、蝦捲、浮水魚羹、土魠魚羹、碗粿、擔仔麵……，各具口味，數說不盡，即使赤崁樓、祀典武廟旁的冬瓜茶都醇郁甜美得令人口齒留香。台南堪稱美食的天堂，我只能羨慕的讚嘆：做台南人真好！

赤崁樓

台灣
阿里山咖啡
~春之雲~
TAIWAN
ALISHAN COFFEE
COFFEE ROASTER
精品咖啡豆
樹有風
COFFEE
樹有風 MiNi BAR

府中街商圈咖啡廳

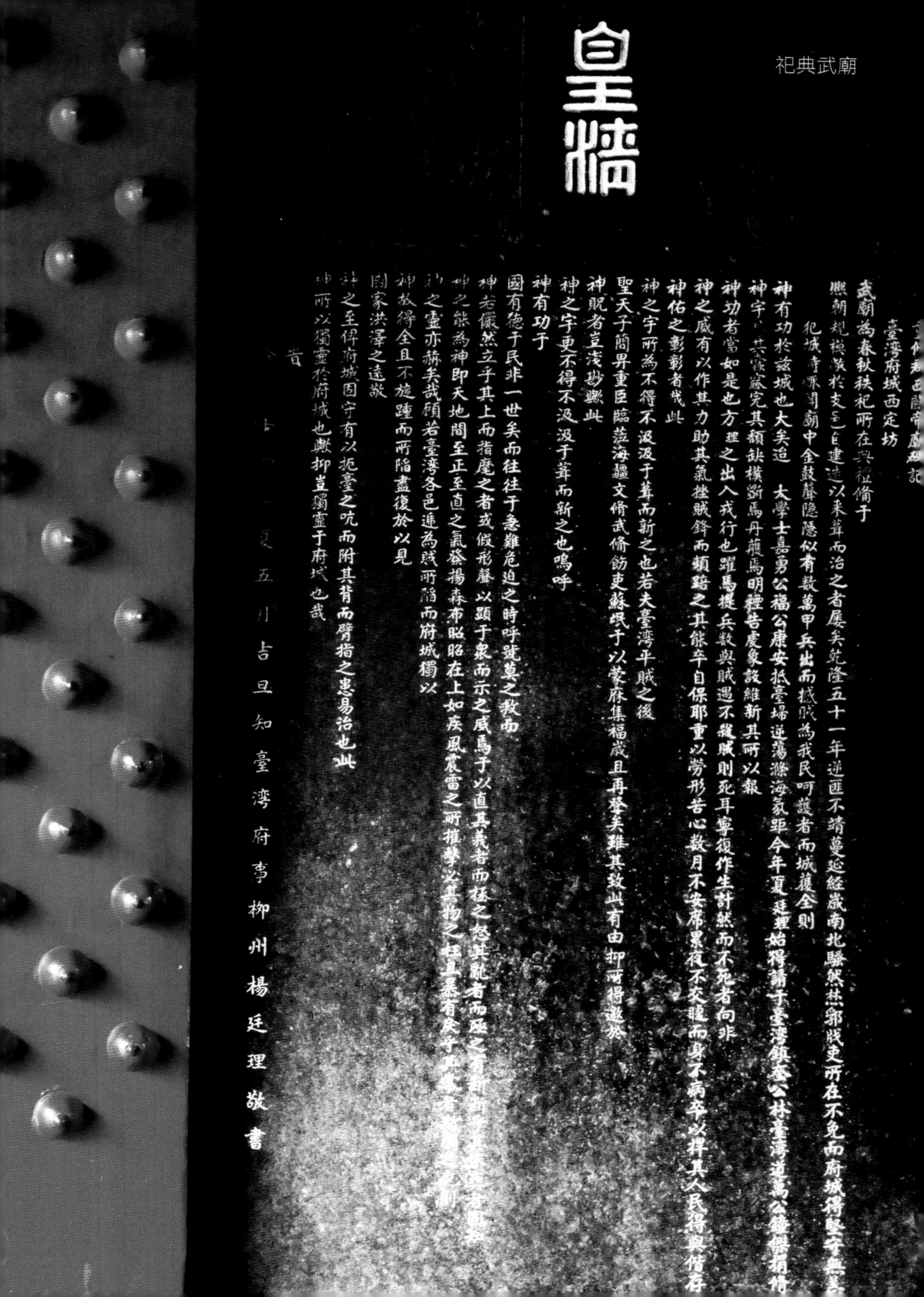

皇清

重修[illegible]帝廟碑記

臺灣府城西定坊

武廟為春秋秩祀所在與禮備于

[illegible]朝規模徵於支[illegible]自建造以來葺而治之者屢矣乾隆五十一年逆匪不靖蔓延經歲南北騷然焚掠戕吏所在不免而府城得堅守無恙

祀城寺[illegible]廟中金鼓聲隱隱似有數萬甲兵出而拒賊為我民呵護者而城獲全則

神有功於茲城也大矣迨　大學士嘉勇公福公康安抵臺埽逆蕩滌海氛距今年夏廷理始得請于臺灣鎮奎公林臺灣道萬公鍾傑捐俸

神宇[illegible]其[illegible]完其額鈌橫斲馬丹雘焉明禋告虔象設維新其所以報

神功者當如是也方理之出入戎行也躍馬提兵數與賊遇不殺賊則死耳寧復作生計然而不死者向非

神之威有以作其力助其氣挫賊鋒而頓踣之其能卒自保耶重以勞形苦心數月不安席累夜不交睫而身不病卒以捍其人民得與偕存

神佑之彰彰者哉此

神之宇所為不得不汲汲于葺而新之也若夫臺灣平賊之後

聖天子簡畀重臣臨蒞海疆文脩武備飭吏蘇氓于以蒙庥集福歲且再登矣雖其致此有由抑所得邀於

神貺者豈淺尠歟此

神之宇更不得不汲汲于葺而新之也嗚呼

神有功于

國有德于民非一世矣而往往于急難危迫之時呼號莫之救而

神若儼然立乎其上而指麾之者或假形聲以顯于眾而示之威焉于以直其義者而拯之怒其亂者而殛之有[illegible]

神之能為神即天地間至正至直之氣發揚森布昭昭在上如疾風震雷之所摧擊必其物之枉且暴有戾乎[illegible]

神之靈亦赫矣哉顧若臺灣各邑逓為賊所陷而府城獨以

神故得全且不旋踵而所陷盡復於以見

國家洪澤之遠敬

神之至俾府城固守有以扼臺之吭而附其背而臂指之患易治也此

神所以獨靈於府城也歟抑豈獨靈于府城也哉

旹[illegible]夏五月吉旦知臺灣府事柳州楊廷理敬書

台南運河

新化街役場

客家靈魂的原鄉

文學步道

只會在盛放的春日妝點風光
藉肥腴的翠綠掠奪眼神
那些誇飾的言辭終究要
枯萎飄零成一地的落葉
終究要散落於歷史的小徑
在被風踩碎的同時
我的文字已修煉成岩
端坐如山

文學步道

小詩一分鐘

落葉跟詩碑是文學步道上兩類重要影像，前者隨季節嬗遞或翠華榮茂或枯黃凋零，體輕而易變，予人生命短暫之感；後者質重永固，執著於信念且又能抗拒任何的脅迫與打擊，象徵著恆定堅貞，永世而不渝。這樣分析之後，發現落葉跟詩碑剛好是兩個極端的對比，掌握了它們的這種特質後，本詩就很好發揮了。這次我們請落葉演反派，它只注重外在形象、言辭浮誇，只會逢迎阿諛、諂媚奉承，並藉以欺罔他人，這種人與言論在歷史的浩浩長流裡，當然只是迅即流逝的泥沙罷了。反觀，詩碑象徵著作品／作者（或理想的典範）所追求的永恆境界。

攝影一分鐘

紀念館內的文學步道其實有兩段，其中一段石板與綠草相間，雖然協調清幽卻「乾乾淨淨」無一落葉，而照片中這段的此處（也不是整段都有）剛好落葉紛紛，從這裡切入當然是為了要表現滿地飄零的感覺，所以鏡頭得盡量靠近落葉，此時兩件事提醒：一、注意畫面內有無「異物」，如塑膠袋、鋁罐、保特瓶等垃圾，若有宜清除後再按門，不要等回來後才到電腦裡去修。二、如果落葉散佈得不是很「理想」，可適度的調整一些落葉的位置，但仍以自然為原則。另外，詩碑大而不高，因此，蹲身後的平視拍攝，才不致於睥睨詩碑。

文學步道

鍾理和紀念館

認識美濃並非因為它是台灣西海岸唯一沒有工業煙囪的地方，或生產了最多的博士，而是小說家鍾理和。

高中時無意間買到一本張良澤教授所編，介紹鍾理和的論文集《倒在血泊裡的筆耕者》，在令人震撼的書名背後勾勒出的卻是何等執著堅韌的作家形象，那時我初識文學，想著鍾理和在修改中篇小說《雨》中咳血而死的悲壯，內心一陣凜冽，頗有偉大作家當如是也之感。

後來張良澤教授更彙編了《鍾理和全集》八冊（一九七六年），由遠景出版社出版，此乃台灣作家中第一位出版作品全集者，允為台灣文學史上的一樁大事。

這套書我買了，於是敬重鍾理和，也憧憬他的故鄉美濃。

過了數年，新聞局辦了一次大型的藝文活動，名稱大概是北中南作家大會師之類，那時我已服完預官役，進入永和一家以美工科聞名的高職擔任教師，然以文壇資歷而言，頂多只算初出茅廬，但沒想到竟也在受邀之列。

北部作家先在來來飯店集合，新聞局長專程前來致詞，然後在車門前一一握手送行。我們一路南下，其間行程到底去了哪些地方我早忘了，只記得那趟的重頭戲是拜

鍾理和雕像

訪美濃的鍾理和紀念館，晚宴在甫完工不久的二樓舉辦。鍾理和生命中的靈魂——他的太太鍾平妹，身形雖然瘦削，但目光炯灼，內斂自持，果然是客家婦女硬頸堅毅的典範，她像是廚師總督導，率領一群中年婦女料理道地的客家菜餚，熱情的款待來自各地的百餘位作家。

酒過數巡，會場氣氛驟升，這桌雙雙跳上椅子金雞獨立喊拳，那邊則有人以餐桌為講台大放厥詞，不意間，另個角落又有不插電歌聲不請自來，既比聲勢，也拼酒量，率性而奔放的熱情流淌於紀念館周遭的山野。那是我第一次參加文壇的聚會，竟是如此盛大，算是開了眼界。

後來我編報紙副刊，於是結識鍾理和的哲嗣鍾鐵民，他是標準的承繼父親衣缽，早是台灣資深而優秀的小說家。我多次到美濃拜訪鍾鐵民，有時因公，有時到他主辦的「笠山文學營」演講，有時帶學生前去戶外教學，更多時候是只為與他聊天，喝他泡的越南咖啡，看看他栽種的神仙菓，或想自繁瑣的公事抽離，要他帶我吃吃道地的客家料理，到美濃窯喝茶看陶藝佳品。

鍾理和紀念館是台灣第一座文學館，由文壇前輩林海音、鍾肇政、葉石濤、鄭清文、李喬、張良澤等人發起籌建，一九八三年一樓落成，三年後再增二樓，完成了今日的規模。一九九七年在高雄縣政府的支持下，又闢設了全台第一條文學步道，共選三十五位台灣作家的詩文刻於石碑。

這兩項在台灣都是開風氣之先，但一路走來卻屢多躓踣，鍾鐵民曾告訴我一件心酸的往事。紀念館的聲名遠播後，前來參訪的文學愛好者日多，後來更成為旅遊界的景點之一，瞬間遊客量有時過百人，但先前興建紀念館時因經費等因素並未設計廁所，他覺得給參觀的民眾如此不便，有失待客之道，於是自掏腰包在館舍旁砌了一方廁所，不料竟遭縣議員指控是違建，要求建管單位予以拆除。

鍾理和紀念館雖然僻處幽靜的尖山山麓，素樸無華，卻是台灣文學的原鄉，更是美濃地區改革力量的蓄積池、發電廠，也是精神象徵，它呼喚了許多具理想性格的年輕子弟返鄉關心公共事務，投身家鄉土地的保護運動，最佳的例子就是林生祥，他的音樂客味十足，卻又深具社會反省與批判力道，不僅在金曲獎屢受肯定，更將客家音樂推上國際舞台。鍾鐵民雖不幸於二〇一一年八月二十二日過世，但鍾理和的第三代也已長成接棒，正積極的展開延續美濃客家文化的工作。

什麼可以代表美濃？油紙傘、菸樓、黃蝶翠谷、粄條、文物館、民俗村……當然都是，但鍾理和紀念館是靈魂的居所，有了它，這些意象乃各適其所，而美濃才不只是一座客家庄。

菸樓

東門樓

路寒袖作品集 04

走在，台灣的路上

路寒袖的生命記憶與台灣行旅
散文・詩・攝影・教學

作者 路寒袖
攝影 路寒袖
總編輯 葉麗晴
執行編輯 李偉涵
校對 路寒袖・李偉涵
美術設計 李偉涵

國家圖書館出版品預行編目資料

走在，台灣的路上／路寒袖 作／攝影. --
初版. -- 新北市板橋區：遠景, 2012.1
面； 公分. —（路寒袖作品集 ：04）
ISBN 978-957-39-0810-4（平裝）

851.486 100027897

創辦人 沈登恩
出版社 遠景出版事業有限公司
郵撥 07652558
地址 新北市220板橋區松柏街65號5樓
網址 www.vistaread.com
電話 （02）2254-2899
傳真 （02）2254-2136

發行部 晴光文化出版有限公司
郵撥 19929057
電話 （02）2251-7298
法律顧問 世紀聯合法律事務所尤英夫律師
電話 （02）2225-2627

初版 2012年1月
書碼 978-957-39-0810-4
定價 新台幣 360 元

行政院新聞局登記證局版台業字第0105號

VISTA
PUBLISHING

VISTA
PUBLISHING